Nianzisheng

【江南三书】

廿四声

周华诚 著

浙江文化艺术发展基金资助项目

浙江摄影出版社

策划编辑： 张　磊
责任编辑： 潘洁清
装帧设计： 代祝鑫
责任校对： 高余朵
责任印制： 汪立峰

图书在版编目（CIP）数据

廿四声 / 周华诚著. -- 杭州 : 浙江摄影出版社，2021.1
（江南三书）
ISBN 978-7-5514-2411-0
Ⅰ. ①廿… Ⅱ. ①周… Ⅲ. ①散文集－中国－当代 Ⅳ. ①I267
中国版本图书馆CIP数据核字(2020)第121209号

JIANGNAN SANSHU NIANSISHENG
【江南三书】 廿四声

周华诚　著

全国百佳图书出版单位
浙江摄影出版社出版发行
地址： 杭州市体育场路347号
邮编： 310006
电话： 0571-85151082
网址： www.photo.zjcb.com
制版： 杭州真凯文化艺术有限公司
印刷： 杭州锦鸿数码印刷有限公司
开本： 880mm × 1230mm 1/32
印张： 7.75
2021年1月第1版　2021年1月第1次印刷
ISBN 978-7-5514-2411-0
定价： 58.00元

二十四节气，是农耕时代留下的美好事物，如《诗经》一般典雅……

立春·浴鹄湾　（金雪 绘）

雨水 · 龙井　（金雪 绘）

惊蛰 · 柳浪闻莺　（金雪 绘）

春分·浴鹄湾　（金雪 绘）

清明·乌龟潭　（金雪 绘）

谷雨・龙井茶园　（金雪 绘）

立夏·浴鹄湾　（金雪 绘）

小满·九溪　（金雪 绘）

芒种·茅家埠　（金雪 绘）

夏至·飞来峰石刻造像　（金雪 绘）

小暑·曲院风荷　（金雪 绘）

大暑·虎跑　（金雪 绘）

立秋·南屏晚钟　（金雪 绘）

处暑·三台梦迹　（金雪 绘）

白露 · 平湖秋月　（金雪 绘）

秋分·太子湾 （金雪 绘）

寒露·杨公堤　（金雪 绘）

霜降·法云古村　（金雪 绘）

立冬·茅家埠　（金雪 绘）

小雪 · 北山路　（金雪 绘）

大雪·雷峰夕照　（金雪 绘）

冬至・断桥　（金雪 绘）

小寒·茅家埠　（金雪 绘）

大寒·三潭　（金雪 绘）

总 序

每次重读旧文章，总想改几个字。或者哪怕把一个逗号移动一下也好。

这导致我的文章版本很多。有些哪怕已经发表，当时已然觉得一字不可易也，后来也会反悔，想动一动。

只好慢慢接受一个残酷的现实——文章就像那翻过去的时光，永远会有不尽满意的地方。与其无可奈何，不如坦然接受。

“不完美”才是常态。冈仓天心说：“茶道是一种对不完美的崇拜，是在众人皆知不可能完美的生命中，为了成就某种可能的完美而进行的温柔试探。”从这一点上来说，写文章，喝茶，过日子，是一样的。

反过来想，也是好事。日复一日，人在改变，对周遭世界万千事物的看法岂能不变。倒不一定是进步，只要并非一潭死水就好。

作为散文的文字，是生命状态的一种呈现。所以它不是目的。做饭，种田，饮酒，看花，写字，画画，都是日子的鲜活可爱。依我看，散文不过是借题发挥。

此番将近年有关江南生活的文章收拾起来，集成三册。一是《春山慢》，一是《寻花帖》，一是《廿四声》。《春山慢》多在山水之间，《寻花帖》切近日常吐纳，《廿四声》则是一人一湖一年。

现在的生活流行跨界，其实文字也该有多种面相。总是一副面孔，会很无趣。有时候老实一点，有时候风趣一点，有时候张狂一点，有时候木讷一点。穿上布衣下田，就挥汗如雨干活；换上皮鞋上台，那得收拾清爽一些。总体来看，穿皮鞋少，着布衣多；张狂偏少，木讷嫌多。

也喜欢喝酒喝到飞起来的感觉，于是得意忘形，笔走龙蛇。这样的时刻，求之不得。偶尔有了，就很珍惜。三册之中也有，常常是昙花一现。一现也好，那是一道光，也是写作者为某种可能的完美，而一次又一次试探的结果。

是为序。

2020年3月14日于杭州念久楼上

目 录

卷三

卷四

附记

卷一

【江南三书·廿四声】

如果你刚刚抵达一座城市，怎样才能尽快地融入它？

买一张城市地图，有空时，就骑车到处逛；

每天买一份当地报纸，坚持阅读上面的城市新闻和社会新闻；

去附近的电影院，看一场电影；

找一家咖啡馆，在里面消磨掉半天光阴；

到随便哪一条老街，跟随便哪一个老伯伯闲聊；

办一个当地的手机号，申请一张本地银行卡，有机会时，再跟本地姑娘谈一场恋爱……

而我，采取的是另一种个人体验的方式：去西湖边行走。一个月两次，这是我与西湖的约会。

白露记

如果你刚刚抵达一座城市，怎样才能尽快地融入它?

买一张城市地图，有空时，就骑车到处逛；

每天买一份当地报纸，坚持阅读上面的城市新闻和社会新闻；

去附近的电影院，看一场电影；

找一家咖啡馆，在里面消磨掉半天光阴；

到随便哪一条老街，跟随便哪一个老伯伯闲聊；

办一个当地的手机号，申请一张本地银行卡，有机会时，再跟本地姑娘谈一场恋爱……

而我，采取的是另一种个人体验的方式：去西湖边行走。一个月两次，这是我与西湖的约会，这是我的修行。

下午三点的阳光，从花架上斑驳地洒落下来，还是颇有些暑气。

我在断桥边下了公交车，沿着北山路一直往前走。说也奇怪，到了树木成荫的北山路，仿佛城市里的暑气就已悉数尽消，还有若有若无的几声寒蝉鸣叫。蝉呢，虽然说多达十几年的地下蛰伏，只为了能享受光明的三个月，但它的叫声实在是有些扰人的。盛夏时候，我总是会无端地想，那密不透风的蝉鸣，定然是给本来就酷热的天气火上浇油；酷暑之中，若是没有恼人的蝉鸣，世界一定会清凉几分吧？

到了这个时节，蝉声倒是稀疏了许多，合唱团解散，成员各自纷飞，依然坚守枝头执拗鸣唱的少数分子于是成了独唱团，倒是有一分可爱的傻气了。再接下去，气温渐渐变低，这些孤独的寒蝉，也将从季节的深处消失。蝉到了白露这个时节，光阴也是无多，何妨让它兀自地吟唱呢。寒蝉，倒是一个很有诗意的名词，在古诗里常常出现；寒蝉的声音，和秋天的意象一样，都有些离别的小小感伤。

于是，我就在这蝉声里，走到了新新饭店附近的湖边，或许是因为脚步还不算慢，身上已经沁出了细汗。于是我找了一个椅子，无所事事地坐下来。眼前的湖面上微风轻漾，把一湖水都吹皱了，如细碎的鱼鳞。我在这边隔水望孤山，整座孤山的基调色便是深绿，只有两处较显眼的黄绿色。湖中远处的白天鹅，正悠然戏水，至于有多少只，则难以数清。

当我决定了要定期地来西湖边走一走，便有一个难题冒出来。刚刚走来的这一路上，我也在迟疑：西湖那么大，到底我该从哪里开始呢？到底西湖的哪一个段落，最值得我时不时地花上一点时间，陪它一起走过呢？

当然这个难题在不久以后就会被证明纯属多余。人总是容易浮躁，还没开始就想着结束，一切都没谱时就设想意义。就像一场恋爱，你刚刚和人见了第一面，就想着——到底值不值得陪这个人度过十年时光（更不要说“一生”这种词了）？要是后来发觉彼此情感不合，分手了又会怎么样？会不会吃亏？这样的问题当然是很狗血也毫无意义的。事实上，我对于自己在西湖边行走这件事到底能坚持多久都不晓得呢。

当我正在胡思乱想的时候，一群年轻人嘻嘻哈哈地从我身边走过。他们的头发染着各种颜色，发型也颇为奇怪和新潮——难道是一位富于创新意识的发型师的实验作品吗？他们真的很年轻啊，看上去应该是90后吧。他们似乎正兴奋地讨论着某个话题，不知怎么地，忽然半句话飘落下来，正好飘到了我的耳畔：“要享受这个过程……”

是说生活吗，还是说我？总之，这样没头没脑的半句话，对于我来说还真是有启示意义呢。那么，我也来享受这个过程好了。

我于是按照便利的原则，设置了这样一条私人路径——从断桥边开始，沿着梧桐密布的北山路一直往西南方向走，经过西湖博览会博物馆、菩提精舍、春润庐、秋水山庄、镜湖厅这一路，到了苏小小墓边上左拐，过了西泠桥，往孤山路的里边走，一路经过楼外楼、中山公园、浙江省博物馆、平湖秋月，再走白堤，过了锦带桥，直到断桥。

这样一圈下来三四公里，本来不算长路，但是依我散漫的脚步，加上东看西看兼拍拍照片的闲心，至少得花上两个小时了。

本来，我出来看西湖就是以玩的心态居多。既然出于一种闲情，何妨闲散地来做这件事呢。只消按照自己设定的节奏，坚持下去就是了，自然不必介意到底怎样的行走更诗意。仅仅这个过程，就多么让人觉得享受啊——当我在湖边行走，想走快点就走快点，想在哪里坐下就在哪里坐一会儿，没有人拿着鞭子在屁股后头追打；看看天，看看云，看看花草或游客，都是一件说得过去的美事。

你会想，这个时候，那些可怜的上班族必须牢牢地钉在办公室里，搬运工还在码头上挥汗如雨，飞机疾行，火车奔跑，而我却可以脱离程序，从呆板的格子间里逃将出来，像个没事人一样，随便坐在湖边哪一张椅子上，晃荡着双腿，眯着眼睛看这一个靓女那一个帅哥从路上走过，这还不是一件幸福的事情吗？

好了，这个问题解决，其他任何麻烦都可以迎刃而解。

北山路的梧桐，在这时节也有一些黄色的落叶，晃晃悠悠地飘落到水面。当然，这样的落叶还是少数，树梢上还是绿叶华盖如云。

麻雀是一点儿也不怕人！人坐在长椅上，三四只七八只麻雀会飞落脚边，仿佛以为谁在给它们喂食。这些麻雀，在地面上只会双腿并跳，啄食一些草粒，见实在没有什么食物，它们便扑扇着翅膀，飞入荷花丛中去了。

荷花此时已是一一枯蓬举。莲蓬年华已老，仍固执地高擎着这孕育了一夏的果实。荷叶还是绿色，莲蓬已然转黑，普遍高出荷叶一截来，而一些后知后觉的荷花，还在开着。最盛的花期已过，便少了一分闹猛，这少数的几朵花的开放，却添了一分自己的悠闲，像那些从来不与人争功的君子，活着自个儿的精彩。

在椅子上坐下来，微风很快带走身上的细汗。下午五点，太阳便收进了西边的云层，只把云层涂抹出一层薄薄的红色。往来的人们，依然身着短袖，白堤上游客甚多，太阳下山以后，气温是宜人的。

这天是白露，意思便是太阳落山以后，气温很快下降，至夜间，空气中的水汽遇冷便凝结成细小水珠，密集地附着在花花草草的叶子和花瓣上。

露珠的出现，是预示夏天过去，秋天到来了。天高云淡风轻扬，长长的柳枝飘摇，年轻人骑着自行车像风一样掠过白堤。

我把耳塞放进耳朵，这时候周云蓬开始唱——

目击众神死亡的草原上野花一片
远在远方的风比远方更远
我的琴声呜咽 我的泪水全无
我把远方的远归还草原
一个叫木头 一个叫马尾

我的琴声呜咽 我的泪水全无……

这首歌就叫《九月》，海子的一首诗。许巍唱过一首歌也叫《九月》，但是跟周云蓬唱的这首比起来，就轻飘了许多。周云蓬的吟唱苍凉而悠远，把我从西湖带向草原，远方，带向那苍穹深处。

海子于1986年写下这首诗，当时他已经从北京大学毕业到中国政法大学任教近三个年头。作曲的人，叫张慧生。1995年，周云蓬从沈阳到北京，在圆明园第一次听到张慧生唱的《九月》。海子1989年3月26日在山海关卧轨自杀。张慧生2001年自杀身亡，送葬的亲朋好友也无法说清他自杀的缘由。见过他的人说，他身上有种很“八十年代”的气质，但是，谁也说不出那究竟是什么。

周云蓬是一个歌者，也是一位诗人。

这是九月。九月适宜冥想，适宜吟唱——像一只寒蝉那样。

秋分记

我像以往一样，在北山路湖边下了车，然后深深吸一口气，在湖边静静站一会儿。

杭州有西湖，真是幸福。你想想看，刚刚还在车水马龙、鸡飞狗跳的闹市，仅仅十几分钟车程，就可以完全进入另一个世界。这里静谧安宁，纯净质朴；这里的天空很高远，湖水很宽阔，树深林茂，鸟鸣悠远：纯然是一个世外桃源！

如此得天独厚的自然环境，岂非杭州人的幸福么！比邻而居的上海人，一到周末就往杭州跑，也不是没有缘由的。

我选择每次来行走的这段路，依次是断桥、北山路、西泠桥、孤山、白堤，恰如一个合围，把北里湖拥在怀中。

北山路，被称为世界上最美丽的路之一。我沿着北山路往孤山方向走，中间是高大的法国梧桐笼盖着两车道的柏油马路，树叶浓重，此间的静谧，像被过滤了一般浸润着身体的每一个细胞。我一路前行，左手西湖水，右手宝石山。左手空灵，右手厚重——依山而建的斑驳的老墙、沉默的山门、黝黑的台阶、幽幽的山道、厚重的铁门；一幢幢老别墅、旧房子，都有它们的过往故事，它们的建筑形式也多种多样，堪称民居的“万国建筑博物馆”……其实我知道，这一路上，随便哪一幢老房子，从一道门里走进去，就会走进线装书一样层层叠叠的故事里。那些尘封的历史在山水之间静默，老房子是亲历者、见证者，正因有这些老房子的存在，西湖才有如许的韵味。

就像生怕惊醒一个沉睡的旧梦，我从湖边走过，隔着马路和车流眺望那些老房子，却没有勇气推开任何一扇虚掩的门侧身而入。时候还没有到吧，就让我先眺望着，某一天我就会悄悄地，从从容容地，敲开这座城堡的小门。

北山路上的法国梧桐，是一年四季里相当美的景致。为了搞清这种植物的属性，我特地查了资料，结果很有趣——

“梧桐，又称悬铃木，原产中国云南，后被法国传教士带回欧洲种植，并加以改良。在法国，它被称为‘中国梧桐’。”

梧桐、悬铃木、法国梧桐、中国梧桐，这么多的名字，反而把我绕得更糊涂了。

关于梧桐，我小时最深的印象是，老家菜园子篱笆墙边有一棵，笔直参天，树皮青色光滑，下部绝少枝丫，这对孩子来说提不起什么兴致，因为实在难以攀爬。而到秋天，梧桐树落叶，金黄色，带一根长长的叶柄，像一把漂亮的扇子。老人常把这些叶子收集起来，扎成一把一把，等着生意人上门来收购。

他们把这些梧桐叶子收去做什么用呢？这成了我心底的谜。

这种高大笔直的梧桐树，才是真正的“中国梧桐”吧！古诗词里经常提到的梧桐，应该也是这个样子。

梧桐，在中国人眼里，更是一棵文化的树。

“凤凰鸣矣，于彼高岗。梧桐生矣，于彼朝阳”，这是《诗经·大雅·卷阿》里的句子；“无言独上西楼，月如钩，寂寞梧桐深院锁清秋”，这是南唐后主李煜的深深寂寞；“梧桐树，三更雨，不道离情正苦。一叶叶，一声声，空阶滴到明”，这是温庭筠笔下独处秋闺的女子……这些有着浓浓中国诗歌意境的梧桐，一定不是法国梧桐所能比拟的。

所谓“法国梧桐”，原来也并非产自法国。

这种世界上最著名的行道树，学名叫“悬铃木”，是悬铃木科悬铃木属的一种。悬铃木一属有八种，按照结果时柄上的果实有的是一个果球，有的是二个，有的三个，因此名称就叫一球悬铃木、二球悬铃木、三球悬铃木。

我们通常见到的“二球悬铃木”——英国人管它叫伦敦梧桐，中国人却叫法国梧桐，其实不是法国货，是中国和北美梧桐的杂交种，最早种在上海法国租界，因而得名。所以张爱玲的小说里，不时有洋梧桐落叶纷飞，苍凉而华美的场景。

法国梧桐，跟梧桐科搭不上半点亲戚关系，和泡桐的玄参科，那更是差了不知多远。容易区分的是，泡桐的树皮是灰黑色，而梧桐树皮则是青绿色的。至于法国梧桐，树皮是白色，一层层容易脱皮。

植物学是挺有趣的一门学科，然而深究起来，也实在是烦琐啊。一棵梧桐也有如此多的学问！

高山流水，伯牙子期，古代最好的琴都是用坚硬的梧桐木制作的。古琴，亦即瑶琴、玉琴，是中国最古老的弹拨乐器之一，在孔子时期就已盛行，流传三千余年而不曾中断。

作家张晓风在一篇文章里写：“它（梧桐）应该生长在冷冷的山阴里……在离它不远的地方有山泉的细响，泠泠如一曲琴音。渐渐地，那些琴音嵌在它的年轮里，使得梧桐木成为最完美的音乐木材……”

“丝桐合为琴，中有太古声。”一棵青桐，孤独地生长在中国的诗词与音乐中，花开花落，余韵悠长。

秋分这个节气里，我在北山路绿意层叠的梧桐树下，在水边一条木椅子上坐下来。

有一群蚂蚁，在木椅上忙碌爬行，绕过椅子上的一小洼积水，不知道去往哪里。好像突然发现有人打扰了它们领地的安宁，一时有些惊慌失措。

前两天接连地下过两场雨，空气里微有凉意。西湖是空蒙的，许是下过雨的缘故，远处的青山及此起彼伏的积木状城市楼群，都被遮上了一层薄纱，有一种朦胧之美。路上不少人已穿起长袖。路面上的黄叶积了不少，清洁工人的劳动量又要大增。镜湖厅那一片荷花，已然谢幕，唯有最后一朵倔强地挺立，似是又被观者的掌声邀出，流连再三，与一个季节挥手道别。

我起身行走，不再左顾右盼，径直跨过西泠桥，沿孤山路往前走。我肩上背着相机，目光漶漫，脚步游离，看起来像一个外地游客么?

白堤上有风。

今天的行程到此结束，我回到了断桥边。在附近的一个旅游用品商店，我驻足停留了一下。我忽然记起，白露那天，我经过此地，有一个穿着低腰裤的时尚女孩，在这个店买什么东西。今天，显然已不可能再遇到。

你这一路上，有多少人与你是仅仅只有一面之缘的?

不过，无论如何，西湖边永远不缺游客，也不缺美女。不是遇到这个，便是遇到那个。同样，都是一面之缘；她是来看西湖的，你也是来看西湖；若干年后，某个人翻开一张在西湖边旅游时用手机拍下的老照片，注意到背景里有一个陌生人背影——那就是你。

仅此而已。

离开的时候，我又记起——先前路过镜湖厅的花廊下，白露时开得热闹的木香的花儿，这会儿已显清零，只剩一两朵，在地面水影照出斑驳的光景。

在我身后的湖面上，老去的莲蓬高高地举起，又倒垂下来，像是谁擎着灯盏，寂寞地照在秋分这个节气上。

寒露记

是闻着桂花香，走进寒露的。

寒露前几天的一个晚上，无意中来到满觉陇路的“桂语山房”。本来是约了一位台湾歌手一起吃饭，顺带做一个访谈，结果事情有变，徒然地耗费了不少时光。不想等了，正准备离去呢，左转右转，没有往进来时的大门走出去，却从边门走进了一个小院子——

啊，真香。

深夜了。什么时候下起了小雨的呢？有绵绵的雨丝飘下来，被茂密的树丛拥围着的小院子像是笼在一层薄雾中，而那香是从薄雾中透过来的，如波纹一样漾入鼻孔，是的，桂香。

满陇桂雨，以前没有见识过，只是在这样一个机缘巧合的夜晚，一头撞了过来。小院子里的地，是用防腐木铺就，昏暗的灯光映出上面薄薄的雨水，一地的桂花，落在木头上，浸在薄雾中，染在衣袂上。这静谧的小院子里，摆了三四个椅子，二三人喁喁细语，更添了一分秘境的意味。一刹那，叫我不忍离去。

有了桂香，这方算得，是真正的秋天了罢。

寒露前后，杭州满城都是桂花香。

白天车来车往市井喧嚣，人人都为稻粱奔忙，无暇他顾，甚至也没有时间去理会空气中一抹特别的香味。

到了夜晚，马路和天空都开始安静下来，浮华和虚艳被夜色掩盖，隐约的花朵便水落石出，于鼻嗅的远处悄悄绽放。

西湖秋天，日赏桂，夜赏月，素来有名。自那个雨夜闯进满陇桂雨，我便改写了秋夜的私人节目单——不须远游，只要开窗静坐，清风捎来明月消息，捎来远方桂语，手上一杯清茶，便可神游八极，心自逍遥。

西湖的桂花，盛自唐朝，北山灵隐、天竺一带寺庙所植最多。满觉陇的桂花，是明以后才形成气候。满觉陇两山夹峙，林木葱茏，地下水源丰富，环境宜于桂花生长。此地山民栽植桂树，售卖桂花，作为主要经济来源，代代相传，桂树也越来越多。屋前后，村内外，满山坡，路两旁，一丛丛，一片片，一层层，举目皆是，桂花竞开之时，真是流芳十里。

寒露，是秋天别在衣领上的徽章，让人一眼可以识别它的身份。就像高远的天空里，一会儿排成个“一”字，一会儿排成个“人”字的雁阵；就像丛林里悄悄染黄洇红，这儿一片，那儿一片的树叶；就像山里人家满墙挂着的金黄的玉米棒子，艳红的辣椒串子。

西泠桥边，柳条的倒影摇曳在湖里，太阳也倒映在水中。只是，这时节的太阳已然没有了丝毫锐气，像是温和的中年。

镜湖厅那棵210岁的木香，早谢去了它这个季节最后的花朵。北山路边，水面上的荷叶也渐变成暖色调，青黄的叶子上有了许多的洞洞，所有的莲蓬都已枯萎。

缓慢地行走，走上断桥和白堤。这是“史上最长的国庆中秋长假”（报纸上就这么说的）——2009年的国庆长假，共有八天——的最后一天，断桥上依然有很多人。似乎每个人都举着相机或手机在拍照片。他们站着，男的女的，老的少的，做着各种各样的手势，拍的人也以各种各样的姿势，拍照片。

断桥，许多外地游客初至西湖，慕名而来，左看右看却仍然一头雾水：名为“断桥”，为何不断？

“断桥残雪”是西湖著名的景点了。每当大雪初歇，登上宝石山往南俯瞰，白堤皑皑，像一条白色的带子卧在湖面。太阳出来时，断桥向阳的一面白雪融化，露出褐色的桥面一痕，看起来，就像白色的带子到这里中断了，所以叫断桥。

当然，这一场景，普通的游客怕是难得见到，杭州下雪的时候本就不多，又要正好碰上积雪消融，一般游客又不能长住，想要见到，何其难也。

不过，这不妨碍游客对于断桥的盎然兴致，随便哪一天，你去断桥上看吧，总有许许多多的人头。即便是凌晨两三点，也有从酒吧出来的男生女生，手执鲜花，在此深情相拥的。想传说中，许仙和白娘子在断桥上再度相见，一把油纸伞下诞生了多少故事！

这断桥，也由此成为著名的“爱情之桥”了。

一直往前走。过平湖秋月，绕过孤山，再回到北山路。我走走停停，胡思乱想，看或者听，无所事事地穿过寒露这一天。

而且，更好的是，有桂花香，从不明真相的远处，隐隐约约地传来。

一个人行走西湖，我不是游客。我是居于此城的新市民。

蜗居，在体育场路玄坛公寓一套房子里头的一间。十平方米的面积，家具有一桌一椅一床，另有购自环北小商品市场的布面衣橱一个；因为夏天杭州奇热，没有空调无以度日，遂有自购的壁挂空调一台，此外，别无他物。床的宽度，与我的体宽相比还有富余，床边堆上一排书，位置正好。一个人辗转反侧，睡不着时便可以拥书入怀，顿觉心安。

这样的一间，月租金八百元，我觉已是十分好了。从这儿到我上班的大楼，只隔了一条马路，早上起床晃晃悠悠到单位，睡眼还是蒙眬的——路实在太近了，人还没醒足。

在杭州，上班只需几分钟——还有什么比这个更幸福的呢？

而且，这个房间虽小，但两面都有很大的窗，朝南。阳光很足。如果早上拉开窗帘，太阳就能晒到屁股上，如果你裸睡的话。

合租在同一套房里的另外三位，也都是年轻人，男。电信的，保险的，银行的。平日里大家都很好说话，客厅基本不用，厨房基本不用，每个人回去以后都各自抱着电脑躲在房间里。

如果要说不足，唯一的不足便是楼下猫太多，一到春夜就叫个不停，此起彼伏。猫叫得多了，几个小年轻就纷纷谈了恋爱。银行的那个最先公布消息，厨房里生火，一起煮饭了。我们回去还能看到两个人忙前忙后，弄得客厅里喷喷香。有时大家不客气，一起坐下来吃了。

后来保险的也把女朋友带回来吃饭了。

再后来，电信的也把女朋友带回来吃饭了。电信的那个，厨艺不行，只炒了两个菜，却弄了三瓶红酒。

那一晚，楼下的猫叫了一宿。

我们都觉得，这房东用来隔墙的木板，实在是太薄了一点。

电信的那位第二天见到我们，一个劲抱拳、作揖："不好意思，昨晚多有打搅……"说的时候，分明是一脸得意。

我一定永远会记得，刚到杭州的那个夜晚。

2009年春节假期结束，在"雨水"节气的前三天，我奔赴杭州，房子都没来得及事先租好。到新单位报了到，就出去找房子住，原来以为租房这件事非常简单，哪里知道，颇费了一番周折。在网上一搜，电话一打，就去看房了，先是去了一个老房子，阁楼上吱吱咯咯响，倒是很有情调。房间不算大，床倒是挺大，也还干净。不禁心生喜悦，可随后一问，便是当头一盆冷水：那女人家租期还没满，还得一周才能住……

朋友陪我又看了两家，都不合意。眼看天都黑了，心里不安起来。那时不知怎么，竟然压根儿没想到可以去酒店将就一晚，只是一门心思找房住！

吃过晚饭，有房产中介告诉我，附近有一套高层新楼，还有房间没租出去。我开着车子拉着铺盖去了，外面一看，不错，是新楼，有保安，有电梯。高高兴兴背着铺盖上去了，到20楼，敲开门，进里头一参观真让我大开眼界。就那么一套房里，隔成了十来个小房间，每个房间只能摆下一张单人床，别的啥也没有。卫生间，倒是很慷慨，搞了两个，每个地方各摆得下一个屁股。

半年后，有一个电视剧火了，就是《蜗居》。这段时间，又有各种名词出来，官方叫“群租房”，民间称什么“胶囊公寓”——都是出来奋斗的年轻人，有谁在乎住得宽不宽敞豪不豪华？只要有个地方栖身就行，总比那些在立交桥底下过夜的民工兄弟强多了吧。

那一晚，我就在那“胶囊公寓”里住过一夜。都半夜了，门外水声歌声脚步声声声入耳，我只好充耳不闻假装睡着。后来果真睡着，第二天一早醒来，发现被子蹭到墙壁上，已经涂了一层白灰。心就凉了一截，翻身起床卷起铺盖走人，没有二话。背一个大包，抱两床棉被，大清早的那个狼狈相，就像跟人通奸被发现赶了出来一样。眼看着天都亮了，我把自己放平在汽车座椅上，又睡了一觉。

杭州对于我来说，现在还是“他”的城。曾记得有一位朋友，早些年到杭州，某个冬夜立于街角，看到灯火通明的火锅店里人声鼎沸，里头的人吃得热火朝天。而他，衣裳单薄，在寒风里瑟瑟发抖，想着“这座城市终还是属于别人，不属于我”。

万窗灯火，没有一盏是为自己点燃。听他说起那一情景，我也不禁心有戚戚。

从二月莽撞抵杭的“雨水”，到今日适应城市节奏的“寒露”，我不觉已走过八个月。在这八月中，我有了临时居所，并在四月里按揭买房，拼力在物质的外壳上构建一个巢居。身安，才能心定——接下来，在心理层面，我要怎样才能融入这座城市，使“他”的城，渐渐变成“我”的城？

每个节气，不管刮风下雨，烈日寒雪，我都要从租处出发，到西湖逛一圈，拍拍照，想想事。当然，这并不是一件工作，也没有人命令我必须去做，但我自己觉得想去——对于我来说，西湖是一个心理层面的指代，它具有更大的象征意义，我要进入它，了解它，在精神上接受它的熏陶滋养。

你看，西湖，它拥有那么长的时光。有那么长远的过去与未来。有那么多的文人，高士，名伎，流氓，政客，在此笑过，爱过，走过，活过。

我能触摸些什么吗？

就让西湖的风，把我吹进这漫长的光阴里去吧。

于是，寒露，这长假的最后一天，我也提前从家乡回到杭州，只为赴一个心里的约会——与西湖，与桂香，与一个季节。

霜降记

没有霜。

当然，更多的人是和我一样，只是因为没有在合适的时间、合适的地方出现，看不见霜，便武断地以为没有霜。

久居城市的人，如果像我一样习惯于晚起，那么一年到头怕也是难以见到霜的。早上，你匆匆忙忙出门，一路小跑挤车，满头大汗赶路，开始了艰难的一天的历程。这样的日子里，霜的有或没有，对于这个世界并没有什么意义。

只是在某一天，翻开日历的时候，或者翻开字典，看到霜这样一个上下结构的字，会怔一怔。然后，脑海中现出一个画面：乡下，清晨，空气清冷，田边的枯黄草叶上布满一层晶莹的霜花，满地晶莹，跟雪不一样的白。很好看。

“蒹葭苍苍，白露为霜”，霜是这一季最清寂的景致。

在霜降这一天，我照例晚起，然后慢吞吞地来到西湖边。

西湖边没有霜，但我的脑海倒是不时浮现小时居于乡野，清晨踏霜去上学的情景。“晨起动征铎，客行悲故乡。鸡声茅店月，人迹板桥霜。”这是唐代诗人温庭筠写行旅之人清晨上路的情景，刻画了一幅凄清有致的霜晨图。在我小时，“人迹板桥霜”倒是深秋时节日日必经，那座板桥共有九节，长长地跨于河水两岸，约莫有百米之距，板桥上的一层白霜往往吓阻我们前行的脚步。霜是滑的，担心一不小心，落入水中去。于是往往在桥头徘徊，遇到早上劳作的大人，亲热地叫一声叔叔伯伯，于是被他牵住手，一前一后地过了桥。

那水，不深，最深处或可没成人的膝。河水在板桥之下无声流淌，水面仿佛浮着一层隐隐的雾。

早起的狗，也跟在荷锄的大人身后，脚步轻盈地过桥。

十点多，我在镜湖厅一座咖啡馆边上停了车子，然后沿着北山路的湖边走到岳庙，去租一辆公共自行车。

天气好的日子，绕西湖骑行是一件美事。杭州推行公共自行车，凭一张电子卡片，在随处可见的租车点刷刷卡，就能取出车子骑上就走。到了随便哪个地方，找个点再刷刷卡，把车子还上，十分方便。而且，在租车的第一个小时内是完全免费的，第二小时收费一元，时间越久，费用随之递增。

在西湖边，你随时可以看见许多人骑着样式统一的红色自行车经过。骑行赏景，低碳，环保，健身，是我喜欢的方式。

在岳庙租了车，然后回折路线，经西泠桥进入孤山。在西泠桥驻车远望，太阳将出未出，这时的湖面上飘着一层雾气，能见度并不高。北山路一线梧桐叶转黄，薄雾中的白堤，烟柳画桥，都缥缈了许多，像是淡淡的水墨画，轻轻的笔触在宣纸上轻轻留下的一抹，随即洇化开去。

安静地站一会儿，又闻到了桂花香。前阵子，还有人在埋怨今年桂花怎么没有往年香，原来桂花开花也讲究大小年。这两天的报纸上说，这次开的桂花，是最末一茬的桂花，周末赶着去西湖边闻最后的桂花香、喝桂花茶的人，络绎不绝。

这样的花事，成为居民口头郑重热议的事情，并且隆重地登在报纸上。秋赏桂，冬赏梅，春赏杜鹃夏赏荷，年年报纸上都有周详的导游图，杭州人一拨一拨前往，是为盛景。最为热闹的，是夏天，日日都有一群闲来无事的老者，在荷花还是尖尖角时，便不厌其烦去打探，看西湖的第一朵荷花有没有开。一待看到某朵荷花羞羞答答地开了，便给十几家报纸电视台一一打电话爆料，于是用不了半小时，摄像机照相机长枪短炮便齐齐对着那朵勇于争先的荷花拍个不停了。而第一个爆料者，也似乎成了奥运会的冠军，在报纸和电视上露脸，不仅出了风头，还得了实惠——据说有人因为成功报告西湖的第一朵荷花开放的消息，而拿了十几家媒体数千元的“劳务费”。

这样的城市，真是会生活。

所以，趁着这最后一拨怒放的桂花，报纸也大张旗鼓地发着新闻：“再不去闻闻桂花香，再不坐在桂花树下喝杯茶，兴许就得等到明年了。”

于是，所有有桂树的地方，都有人喝茶，打牌，闲聊，瞌睡。

于是，北山路的咖啡座，也慵懒地坐着人，红色的桂花枝一簇簇地，伸到了头顶。

霜降，俨然秋与冬的分野，绿与黄的界限，霜降这把快刀寒光一闪，季节被切割开。于是，一水之隔的对岸，孤山原本一色的绿，这时节已然分出了层次，几树或黄或红的叶子，张扬着熟女般的秋韵。水中的荷叶，成了黄色，又破出一个个铁锈红的洞。

霜降，还是一只虫子吗?

不过天鹅们依然在湖面游弋，一对白天鹅在水面追逐嬉戏，拍打起四溅的水花。这样的季节，对于它们来说，意味着什么呢?

是月落乌啼霜满天的肃杀，还是记忆中温暖的南方?天气会继续冷下去，而它们，是离开，还是安然地过冬?

西湖的深秋，真的是美。

这些天，文艺青年口中说道很多的一个词是“音乐节”，是的，西湖音乐节一年两次，春天唱，秋天唱，在十月底的深秋两日，音乐节又要来了。

面向西湖，三五好友，听听音乐，看看演出，是很快乐。五月，我曾去音乐节玩，在西湖边柳浪闻莺的大草坪上，数千人席地而坐，音乐起时，人潮随音乐涌动，此情此景叫人开心。

郑钧、范晓萱、谢天笑、张悬，都是我喜欢的歌者。尤其是郑钧，陪我走过青春季节。

大概是在1995年（真的是很久远的年代了），拥有自己的第一只随身听，第一次去购买磁带，就是郑钧的《第三只眼》。那时，正在杭州读书，午夜收音机是大家最好的伙伴。有一天深夜，在收音机里忽然听到《天下没有不散的筵席》这首歌，里头有一段佤族姑娘的清唱，犹如天籁。

这样与一首歌不期而遇，有一种令人意外的惊喜。但我却不知道这歌的名字，犹如路上遇一心动女子，惊鸿一瞥，擦肩而过，却不知她的姓名，徒叹奈何。便只有日日去往相同的路段徘徊，寄望于下一次遇见。

后来竟然真的又听到一次。这一次，听清了，记住了郑钧的名字。然后，便满大街地找，而那时许多音像店的老板，竟听都没听过郑钧的名字。

如你所知，后来，还真的找到了一家店，翻出一个磁带。

但随后，在寝室的床板上，我翻来覆去睡不着，我被郑钧的嗓音吓住了，觉得自己受了骗——除《筵席》之外的歌，用一个词语来概括："噪音"。嘈杂、颓废、声嘶力竭。那是我第一次接触摇滚。

后来郑钧开始慢慢显现他的魅力。毕业之后，我在小城的单位集体宿舍，他伴我度过一个又一个黄昏。我很想告诉别人，听听郑钧的歌啊，很好听。

后来那盒磁带被我的朋友拿走了。那时候他正在读第二个高三，背水一战。我已上班，在医院做医生，下了班有闲心，一个人买菜回来，一边唱歌一边煮饭。有时候他也跑来，我们通常就着两三个菜喝酒。一人喝半斤烧酒，从晚上六点喝到九点，其间三五次站起身来，一起闭着眼睛跟着小音箱和郑钧吼着："那道门已经被破坏，欢乐再也回不来""迷途，迷途，我已身在迷途中"……

后来我知道，郑钧的歌就如同一个朋友，需要你一遍又一遍地听，需要时间和耐心，然后你才会了解他，他也才会走进你的内心深处。

后来我和朋友各自奔波，分别多年。郑钧一直陪伴我走过天南海北，伴我从医院离职，开始专职写字的工作，又从小县城到小城市，从小城市到大城市，伴我走过心绪动乱的时光，也陪我度过欢欣快乐的晨昏。

但我依然喜欢郑钧的那些老歌。

前些日子，和一帮同事去歌厅唱歌，我点了一首郑钧的歌。大家大跌眼镜：郑钧？好老派啊！你真是一个老人家啊！

我真的是老人家了哈！只记得那些老歌！

这个五月，我去音乐节，听到了郑钧哼唱那些老歌。当老掉的郑钧温和地站在舞台上，台下人们开始喊："郑钧，灰姑娘！灰姑娘！"

于是郑钧深情唱起那支《灰姑娘》——

“怎么会迷上你，我在问自己。我什么都能放弃，居然今天难离去。你并不美丽，但是你可爱至极，哎呀灰姑娘，我的灰姑娘……”

我的嘴上，不由哼起了郑钧的歌。

我骑一辆自行车，穿过人群，穿过季节，穿过往事，抵达霜降。此时，阳光散落西湖之上，记忆温暖。

意念中的霜是一道符号，刻在每棵树的年轮上。

立冬记

对于西湖来说，冬天是一位远道而来尚未抵达的客人，立冬是提前打来的电话——对方说，他还走在路上。

荷叶是年迈的老者，在水里站了太久，这会儿就要歇歇脚了，它们弯下了腰，被时间染黄的面孔轻抚秋水，静静地看着时光继续流走。

如果告诉湖里的野鸭和鸳鸯们，冬天将要开始——它们一定不会太在意，因为冬天总是像领导一样不按时间出席季节的盛宴。在西湖，现在的水依然那么温暖，微风依然那么和煦，人们的脚步依然那么轻闲，甚至孤山上的群树，也只是涂抹一层淡淡的彩色，如果不仔细看，都会被人们轻易地忽略掉而无法察觉。

只有北山路上高大的法国梧桐，连绵的树叶无法按捺迫切的心情正在悄悄换装。每天接受那么多路人的观赏，它们甚至巴不得每天都换一套新装。这时候，它们黄了，尤其是在逆光之时，照着辽远的天空里一瞧，你就发现它们黄得有些透亮了。

这时节西湖边的情侣们是最耐看的风景。

一对情侣坐在长椅上，她把头靠在他的肩上，他们的身边摆着一大捧鲜花。这样的场景是有点儿故事的，耐人寻味——是一场求婚刚刚结束，还是一段暗恋得以表白？是一个特别日子里精心策划的纪念，还是某个平常时光中随心而起的快乐？

在西湖边，任何这样的情节，都不会显得突兀。西湖就是一座爱情的湖，无数缠绵悱恻的爱情在从古到今的湖边上演，就像一幕幕戏剧的过场。

有一对头发花白的老伴坐在长椅上：老头戴着眼镜，举着一张报纸在读；老太侧转个身，把后背留给先生，自己趴在椅背上无所事事地看着来去的游人。我在一旁观察了许久，有半个小时他俩甚至没有说一句话。

话早就说完了吧？

从居住的老房子，相约走到白堤上去坐坐，两个人走了半天，坐了半天，又走半天的路回家去——都没有说话，默默，这是时间打磨出来的心有灵犀吧。

西湖边每一对情人，都有各自的表情。那些走路时黏在一起靠在一起的，那些一前一后若即若离的，那些相对而坐笑谈甚欢的，那些并排而行牵着孩子的，无一不马上暴露了他们的爱情状态。至于一些细节，也颇可阅读。比如手的位置，有人重重地勾搭在情人的肩上，有人自然垂落却松松地拖着对方的手，有的相互绕过对方后腰，搁置在对方身体另一侧的胯上，也有的，旁若无人，兴之所至地把一只大手盖在女人的半个屁股上，张开的手指试图覆盖更大的版图。

这真的很有趣。

我还看到一对，各自挎着一只皮包，不远不近地边走边聊，后来两个人在一棵树边停下脚步，紧紧地倚靠在一起。从他们带着的公务用途的皮包上，我可以八九不离十地看出，他们并不是直接和特意到湖边来散步的，只是这美景，不容分说地把人往脉脉含情的路子里带，越走，就越柔情似水了。

不合时宜的是，有一具硕大的相机出现在面前，把他们吓了一跳，像两只受了惊吓的兔子一样马上分开了。其实，那摄影师或许只是想拍一张湖边的风光，镜头也并非指向他们，然而一时的失措，让人不由地添了些许尴尬出来。

其实在湖边，每个人手上都有相机和手机，谁也难保一不小心就被摄在了别人的镜头里。想到这一层，许多情人走在湖边，或许也不得不保持着若即若离不远不近的公众距离了。

倒也是——天地山水间的爱情，本来是适宜张扬的，而那些隐秘与暧昧，留与高大的楼宇与密闭的车辆，也许会更好一些。

冬天是个适宜恋爱的季节，不需要什么借口，男女就可以自然而然地紧紧相依。

在北山路和孤山各处，常可见到新人们在拍婚纱照，一年到头都是如此。一天一天，面容不同的新人们同样穿戴整齐，情绪饱满，在同样的地点以同样的姿势，定格各自相似的幸福。“笑一下！好，再笑一下！”摄影师一边专注地把头埋在镜头前，一边大声地喊道。这样的场景，总是会吸引情侣们在旁边驻足观看，女孩一边看一边情不自禁地把头倚在男孩的肩膀上。

“好吧，既然你这样想拍婚纱照，那就让我们结婚好了。”此时此刻，男孩一定会拍拍女孩的腰，并且稍微多用点力，仿佛要用那拍拍的动作表达自己的决心。女孩于是开始构想自己将穿上一套怎样美丽的婚纱。

耐人寻味的是，在拍摄婚纱照的现场，如果刚好有结婚多年的夫妇路过，却并没有多少人会真的停下脚步，饶有兴致地观摩一番。原因？不用说，大家都明了，这些人概已知晓婚姻的真相，即便是拍婚纱照这样如梦如幻的时刻，也不过是摄影工棚的流水作业，亦是婚姻工厂的流水作业。当时所有的浪漫之举，在日后都不免有不堪回首的慨叹。因而，世间所谓的“幸福”，只对于深处其中的当事人才有意义。至于旁人，围观也好，祝福也罢，都是无法感同身受的路人甲。

立冬时节还有个别名叫小春或小阳春，欧阳修诗句“十月小春梅蕊绽，红炉画阁新妆遍”，说的就是这个时候。这些天的西湖边，暑气已去，寒意未至，只要不下雨，实是相当怡人。孤山上常有松鼠在枝头轻快地乱窜，寻觅坚果，贮藏粮食。山边上常有几株小野菊，星星点点，金黄得如同青春往事。

乡下这时候正是收获季节，晚稻收割，番薯出泥，土地袒露它所有的成果。麻雀是田地间最欢快的精灵，叽叽喳喳地叫着，乐不可支地从一个草垛飞到另一个草垛，丢掉一枝稻穗又去衔起另一枝稻穗。

白堤上的麻雀这会儿却有点儿魂不守舍，连片的草地上铺了一层薄膜，大概是为了保护草地生长吧，麻雀却着实失去了觅食的乐园。

自从决定了每个节气到西湖走走，已经坚持了两个月，而我也乐此不疲。有时我在上班，想到这一天是什么节气，就先把手头的事情处理掉，往西湖边跑。有时与同事在电梯间里碰到，看我背着双肩包，人家就问，去哪儿？我点头微笑，含糊其词："唔……出去一趟！"这个时候，仿佛心里藏了一个秘密，有小小窃喜。

所以，对于能在报社上班，我常觉宽慰，可以借着小小的理由，甚至连这小小的理由都不要，就可以离开办公室，去风景秀丽的地方闲逛——这个风景秀丽的地方，别地的人，却是要作为旅游目的地来郑重规划一番才能够成行的——这，何尝不是一种小幸福？

今天是周六，我是特意从住所出发来西湖边的。我时走时停，看看路人男女，看看花草野鸭，漫无目的。我一路沐浴着立冬的暖阳，沉思，遐想，没有与任何人交谈，但内心却并不寂寞。或者当我看着一片树叶悠悠落下，一只鸟儿掠过湖面，不着痕迹，也觉得挺有乐趣。直到五时二十分，宝石山后边天际流霞渐隐，夜色一层层浓重起来，北山路的灯光远远映照在了湖面，我才开始踏上归程。回想这个周末的下午，不由想起一句：现世安稳，岁月静好。

我打开车上的音乐，打起转向灯，右拐，便融入了这城市的车流中。

小雪记

事实上，好几天前，杭州就下起雪了。雪赶在“小雪”这个节气前到来，非常不成熟、不稳重，沉不住气。

今天倒是阳光晴好，气温回暖，西湖边游人如织，断桥上挤得连自行车都难以通行。湖里倒是有一桩热闹事，有人在搞什么“西湖第一水上婚礼”，大概是某家媒体的策划吧——把白堤左边湖面围起，一艘大船和许多小船弄得红通通的，扎了些气球，大喇叭里放着些歌，又吸引了无数的游客挤在湖边围观。热闹倒是热闹，只是太吵了些——心下不免有些兴味索然：西湖是宜静的，一旦太闹猛，便失了许多味道。

私下以为，西湖最美，应在雨西湖、雪西湖、夜西湖。路上没有几个人，一片空灵清寂。而我常去的北里湖一圈，是通常游客去得最多的地方，碰上长假节日又天气晴好，路上游人摩肩接踵，断桥周围简直是人山人海，举步维艰，那还看什么西湖呢，看“人湖”倒差不多。

若是外地游客来杭州，不如起个大早或索性拖到半夜，趁着人迹稀少之时再去，那才有味道。

有时我会选择坐公交车去西湖，K7或27路，到新新饭店站下。

北山路一带，每走一步都会有一个故事，而最著名的，还是爱情故事。除了断桥上许仙与白娘子这样虚无缥缈的传说，也有江湖尘世里缠绵悱恻可以触摸的真实。

今天我是想好了要来探访一个故事，关于“秋水山庄”的，每次在公交车站下了车，都能看到它。新新饭店的西楼（孤云草舍）边，那个风格雅致的建筑，在梧桐掩映的围墙大门上，书有“秋水山庄”四个字。这道门面朝着北山路的车来车往，铁门锈迹斑驳，像是尘封了往事。边门进去，这才发现，秋水山庄已是饭店的一部分，建筑的房间已被隔成一小间一小间的客房。

秋水，是一个人的名字，一个女人，一个漂亮的女主角。

男主角叫史量才，当年上海新闻界赫赫有名的人物。

秋水，原名沈慧芝，幼时是上海滩的雏伎，成年后被一皇室贝勒重金赎走，携往京城。几年后，贝勒爷病故，沈秋水带着贝勒的部分财物重回上海滩。她来到上海故友家，故友喜出望外，立即拉着她去吃饭，并将她的财物交给当时在座的朋友代为看管。等他们兴尽而归时已是深夜，而那朋友还守着财物，独坐以待。

那个人就是史量才。

两个人后半生的爱恨情仇，就此结缘。故事都是这样说的。但是谁能猜度，数十年前的那个夜晚，上海滩新闻才子史量才独坐守候沈秋水时，是怎样的心境。他知道自己将等来一段情缘吗？而当时，他是否在一眼之后，已爱上她？

人们都不知道。人们所知道的是——秋水擅长鼓琴度曲，与史量才高山流水，互为知音。秋水就此跟定史量才，成为史量才的二房，她也将自己的财物交给他。史量才通过这些资助买下了《申报》《新闻报》，开始他后半生的绚烂生涯。

可是秋水的幸福没有维持多久，史量才有了外室，也是个能帮助他事业的才女，并为他生了个女儿。

说到史量才，这个男人也真是好命，遇到了三个成就他事业的女人。其一是正室，也是个才女，帮他创办了上海女子蚕桑学校，开始了他的事业，还给他生了儿子；其二是沈秋水；其三就是后来的外室。三人中只有沈秋水无儿无女，将自己的所有都托付给了史量才，也全心全意地依附了他，当她知道史有了外室后，想必心里的孤独愁苦是难以言表。

大概是史量才觉得自己的所作于秋水不公，就在杭州西湖边葛岭山下建了别墅送她，并亲手写了“秋水山庄”的匾额。

沈秋水的空缺的心，也绝非一座别墅所能填补。当一个女人都愿意将她的万贯家财交付给那个男人，她所要的，仅仅是一座西湖边的别墅么？

那么，后来呢？

我转头。边上跟我一起从7路公交车下车，一起走进秋水山庄的背包姑娘，此刻仿佛已完全沉浸在才子佳人的故事中。

后来他俩怎样？

还能怎样呢？在那样一个战乱的年代，平静的幸福当是世间最难奢求的东西了。1934年，史量才与秋水由杭州回上海，在途中被特务暗杀，秋水亲眼见到爱人死在身旁。

我看过一张照片，是在史量才的灵堂上，沈秋水白衣素服，形容憔悴，抱琴面对史量才的遗体弹奏。她弹的是一曲《广陵散》。据说乐曲将了时，琴声突然激昂，“蹦”的一声琴弦断了，秋水抱起琴走到火钵边，将琴投进了火中。

《广陵散》绝，知音不再！

后来，秋水离开了秋水山庄，也离开了史家，独自一人，焚香诵经，了此余生。而秋水山庄，则捐给慈善机构，成了妇孺医院。1949年后，这里收归国有。

下午三点，我走进秋水山庄的后花园。这里仿照《红楼梦》中“怡红院”的格局兴建，假山堆叠，曲径通幽，庭院长廊，草木葱茏，好一个清幽之所。只不知，当年沈秋水居于此处时，多少心事，说与谁听。

走进房间，一格又一格的单间，已然没有了当年女主人的痕迹。伊人走后，这里曾经做医院、做饭店，历史用它不能预知方向的涌流冲刷着这个女子生活过的痕迹。

客房间的长廊，仿佛是一条时光隧道，除了我，再没有另一个人。但一回头，我吓了一跳，有个女子站在身后不远处。原来是那个背包姑娘。

沈秋水于1956年去世，葬于杭州南山公墓，墓上书——“秋水居士”四字。

斯人已去。

走出幽幽深深的秋水山庄，面对北山路上不息的车流，面对湖边络绎不绝的游客，我有恍如隔世之感。

我跟背包姑娘道“再见”，她向右，我往左，继续前行。下午四点的斜阳从梧桐树黄叶间洒落下来，把柏油路面涂上了一层斑斑点点的金色。湖边的荷田，满池枯枝，说不出的隽永诗意。

所有的爱情，是西湖的一叶叶书签。

我多想在这湖边，有一张琴，面对烟雨西湖，有秋水一样的女子为我弹。

卷二

【江南三书·廿四声】

每次来到西湖边，我的心就会宁静下来。我调整步伐，平缓呼吸，把目光放远，让思绪放逐。我体会着周遭的一切都如我的节奏那样，慢下来，慢下来。

一片树叶开始飘落。一个人骑车驶过西泠桥。一个人唇上吹响口哨。

一羽大雁掠过长空。一位女子舞起长袖弹响古琴。一位剑侠趴在酒桌上长醉不醒。

在冬至阳光恣意的午后，我凌波微步，踏水而行，耳畔的风全都静止不动。

大雪记

如此绚烂的景色！

北山路上的梧桐，已经美到无法言说。在此前几天，就有同事跟我说，你去拍照了吗，北山路上的梧桐树叶，实在太美了！

我却压抑着自己的好奇心，坚持着要等在大雪节气的这一天，才去看它。

这一天，我还是被镜头前的美丽所折服。本来，该是肃杀的日子了，而西湖却似乎是在尽力地捧出它这一时节最美的颜色。我立在孤山的对面，就可见颜色是层层叠叠，色彩的层次如此丰富，大红的枫叶，缥缥缈缈，如云如雾，如泣如诉。水边的垂柳已经泛黄，山上的树林，从红到黄如泼墨水彩，间杂，交融，渲染，你中有我，我中有你。

湖中的荷叶，已经彻底地焦黄。秆叶无力地倒映水中，仿若简笔的中国水墨画，勾出几丝清幽的韵味，也有说不尽的妙处。然而在风起拥凉的夜里，灯光下这样的荷影不免就添了一丝落寞与清寂，倒是与这样的节气性格十分吻合。

雪，说来就来了。

雪落西湖，如张岱所写——

“大雪三日，湖中人鸟声俱绝。是日更定矣，余拏一小舟，拥毳衣炉火，独往湖心亭看雪。雾凇沆砀，天与云、与山、与水，上下一白。湖上影子，惟长堤一痕、湖心亭一点，与余舟一芥，舟中人两三粒而已。到亭上，有两人铺毡对坐，一童子烧酒，炉正沸。见余大惊喜，曰：‘湖中焉得更有此人！’拉余同饮。余强饮三大白而别。问其姓氏，是金陵人，客此。及下船，舟子喃喃曰：‘莫说相公痴，更有痴似相公者。’”

此番胜景，不禁叫人心驰神往。天与云与山与水，上下一白。大雪通常能将人深藏于心的童心与情趣激发出来，回复本真可爱的天性，脱去一本正经的西装和冠冕堂皇的伪装，大家都来雪地里撒个野，闹一场。

我立在断桥之上，想象大雪西湖的景象，此时阳光暖洋洋地照在身上。几天前夜里不期而至的那场雪，已经消失无痕。而下一场雪，何时将来？我们预约一下好了，要足够大，大到超出心理预期。

我们难道不是总在期待生活里出现一点惊喜么？

即便没有下雪，西湖仍然是一处满足人们“逃离”这种心理期待的绝佳去处。相比较而言，桃花源过于虚幻，香格里拉又太远，而西湖既真实又触手可及，更重要的是，它与我们的日常生活仍然保持着一定距离，而这是产生美感的必备条件之一。

去西湖，如果有充足的时间，我会去孤山路21号的科斯达咖啡馆里坐坐。它拥有极其优越的地理位置，在孤山这样一个湖中大岛的南侧，平湖秋月的旁边，浙江省博物馆对面，那些高大密集的树林中间，这座古朴的建筑显得特别幽静。步入建筑的正面，你会发现自己正面朝着大片奢华的西湖水面，碧水晴空，水天一色。

或许你会疑惑，能占据这样一个位置，这建筑绝对来头非小。是的，这曾是一座西湖边超级豪华的别墅：1918年，定居上海的犹太房产富商哈同出资建造，因其太太姓罗，故取名罗苑，杭州人习惯称它为哈同花园。

哈同确实很有钱。这个英籍犹太人早年到上海滩冒险，发迹后广置房地产，是上海最大的房地产商。1910年，他在上海建成的“爱俪园”占地171亩，共有83景，是上海最豪华的私人花园住宅，今已改为上海展览馆。他还曾用红木铺出上海最有名的南京路（南京路部分由其出资兴建，并占44%股权），而他的妻子罗迦陵与清朝隆裕太后还拜了干姐妹。

就算在当时西湖边名宅处处的景况下，哈同花园也算顶级豪宅。1927年，罗苑被国人收回，有些老杭州还在罗苑里住过一段时间。再后来，在城市改造中，罗苑被拆掉大半，只留下主体建筑，就是现在一楼被用作咖啡馆的“湖天一碧楼”。

想想看，在这样一座豪宅里喝咖啡，一定会有别样的感觉吧。

咖啡馆真是消磨时光的好地方。许多人喜欢在咖啡馆里阅读和写作，那里永远有着轻轻缓缓的音乐，有着细细呢喃的低语，有着轻轻碰响的杯盘声和细碎的脚步声，一切总是那么秩序井然，宁静安详。而且，咖啡馆还是个激发灵感的地方。有一个学者曾说，实验室是诞生创新的地方，但其实创新不是来自显微镜之下，而是发生在实验室隔壁的茶水间里的随意聊天，尤其是郁闷的科学家们对自己错误和失败的宣泄。而咖啡馆的兴起其实也大大激励了创新。原因是人们能在这里长时间地、随意地、慵懒地、海阔天空地闲聊，大脑在兴奋和沉寂间跳跃，往往会有好想法一跃而出。

作家茨威格说过："我若不在咖啡馆，那一定是正走在去咖啡馆的路上。"这句已经滥俗的话的确是咖啡馆的绝佳广告语。在咖啡馆，人会处于一个放松和自信的状态，这与在办公室里的焦躁和紧张截然不同。

这间科斯达咖啡馆多半的座位设在屋子的外面，廊檐下、湖边、树荫里，阳光清水微风，一缕浓浓的咖啡香，令人沉醉不已。

自然、安静、闲暇时光，这里有我渴望的一切，可以平复我常常因工作忙碌而生起的焦躁和无力感。有时我会看着年轻的店员穿着统一制服忙碌，一旁的咖啡豆研磨机发出嗡嗡嗡的声响。店员手势娴熟，忙碌得令人眼花缭乱却井井有条。有时男女店员之间还会轻轻打闹玩笑。这一切让人觉得放松。

除了茨威格，咖啡馆诞生了那么多的作家，比如萨特、J.K.罗琳、娜塔丽·萨洛特等。如果服务生恰好看到过一些作家与咖啡馆的故事，他们或许会想，那个坐在角落里对着笔记本键盘敲敲打打的家伙，说不定哪天也真的能出名，这样的话，为咖啡馆带来一点生意也未可知。

大概每一个喜爱写字的人，都有过在咖啡馆文思泉涌的体验吧。

我点上一杯拿铁，默默无闻地坐在落寞豪宅哈同花园的一个角落里，看湖山远影里，手划船就像钟表盘上的时针一样缓慢地划过。隔壁桌有一位外国游客，戴着眼镜，正在认真阅读一本很厚的书（就像《圣经》那么厚！不禁让人想到，这么厚的书放在包里，一定会重吧），翻了一页又一页。后来他又从包里拿出一个单反相机，拍了湖面，也拍了咖啡馆，并且——我猜——他也一定偷拍了那个美丽又可爱的店员女孩。

我就不好意思从包里拿出我的相机了，否则就会搞得像是一次摄影比赛那样叫人啼笑皆非。

“和我们的客人一同分享我们对咖啡的理解和热爱。”这是这间咖啡馆的宣言，但是对于每一位顾客来说，我相信并不只是咖啡的香味吸引了他。

在咖啡馆里，阳光是一点一点从窗口的枝叶间往下沉的，而后金色洒满湖面，鸟雀渐次归巢。

在这余晖里，我步出咖啡馆，忽然记起这时节银杏叶该是一片橙黄的颜色了。前一天在报纸上看到，杭州市区内一个叫朝晖的小区公园里，银杏叶特别漂亮，引得无数人特意前去观赏。而孤山上也有一处银杏景致，并不比朝晖逊色，看看时间尚早，便寻过去看看。

这个地方，还真有些不太好找。从西湖美术馆那一片大草坪边沿湖走过去，就能到达孤山北坡的林和靖纪念像，纪念像的正对面，就是北山路的新新饭店。林和靖是谁呢？北宋时候的高士，隐居在西湖的孤山。人家叫他出仕，他拒绝，说只觉青山绿水与自己性情最相宜。他一辈子不仕不娶，无子，只是喜欢植梅养鹤，“以梅为妻，以鹤为子”，人称“梅妻鹤子”。“疏影横斜水清浅，暗香浮动月黄昏”，就是林和靖写梅的千古佳句。

从林和靖像边上的小巷石阶上去，走过三四百米，就可以看到一块地方，那片银杏林子都在落叶，一阵风来，便有纷纷扬扬的黄叶飘落。再看地上，早已是一地金黄，有着梦幻般的效果。

回家以后，翻开博客查找旧文，发现一年前的这一天，我在浙西清湖镇一个叫“和睦”的彩陶村，手上同样把玩着几叶银杏。当天，我收获了2008年度最悠闲的一米阳光。我在博客里写道——

那一天，我的肚子翻江倒海
延续了这个秋天的醉意

我把自己放倒在温柔的阳光下
接受季节的抚摸
春分，谷雨，白露，霜降
这些女人的名字纷纷聚集我的嘴边
我拢起双手
轻轻吹一口气　她们就像茶雾一样
缥缈而去
掌中仅存的一丝余热
是不是记忆中才有过的温存
而此刻，我指尖微凉
秋天已经把我摊晒
风干

那一天，我还在笔记本上随意地涂抹下这样几行潦草的文字——

1. 如果钓鱼是雅事，那么捉鸟、捕泥鳅，算不算？

2. 在阳光下发呆，是一种奢侈。

3. 森林漫步，认识一株植物，认识一种鸟，比认识一个英语单词更重要，但很多人也许并不这样看。

冬至记

那棵树，已经掉光了树叶。

那是一棵与众不同的树。一棵桃树。

在冬至这一天，一棵桃树用它掉光了叶子的枝丫，撑开了白天与黑夜的界线。从明天开始，黑夜将慢慢变短，白天会越来越长。

一棵桃树在自己的内心，用生长的年轮刻下光阴的故事。

我在早上十点多钟骑自行车抵达西湖边。这一日，阳光晴好，树影在地上拖得很长。车轮穿过流金碎影的感觉十分美妙。北山路边旧房子前的空地上有一只猫，正不知疲倦地追逐着自己的尾巴，像追逐一个可望不可即的梦想。

这天早上我在白堤上遇到一个外国男子，他叫威廉姆斯，中文名杨飞，在杭州生活了四年。他在白堤上骑着一辆公共自行车，晃晃悠悠地前行。在一个地方，他让我帮他和自行车一起拍张照片。他的中文说得相当流利。后来我们聊了一会儿，杨飞说他起先是个狂热的旅行爱好者，一有点儿钱就四处旅行，钱花完了，再找个工作挣一点儿钱。后来到了杭州，就不愿意走得太远了，偶尔出去一趟，最后还是回到杭州。杨飞说，他最享受的事，就是在整个西湖景区骑自行车。

我觉得很多外国人比我们想得通，或者说，他们常常看起来有点儿“不求上进”——比如杨飞这样的，浪迹天涯，不是虚度了大好的年华么？当他老去，回首往事时，会不会“因为虚度年华而悔恨”，会不会“因为碌碌无为而羞耻”？

央视记者柴静采访过一位叫卢安克的德国支教者。这个德国人来到中国，在广西的大山里生活了十几年，他过着拉牛耕田、挥锄种菜的简陋生活，把免费教育当地孩子、跟孩子们打闹在一起作为自己的人生乐趣。

许多人不解，你一个外国人放着自己好好的日子不过，跑这种穷山僻壤里来干啥呢？你说要是来体验生活、了解社会吧，待个十天半个月就够了；你要是当个支教志愿者吧，待一年两年就够长久的了。一待十几年，有意思吗？

柴静就问他：“当时你是为了什么？”

卢安克说：“我记不起来了。”

“那个时候你怎么想的？”

“我不知道该怎么说。”

这真是很雷人的回答——这个外国人，他竟然不知道自己为什么要来这里；更雷人的是，他的人生甚至没有目的。他说：“如果想改变中国的现状，然后带着这个目的来做我做的事情，那我不用做了。我不是这样的，我不想改变，我没有这个压力。”

人们当然又很惊讶："如果不是为了改变，那你是在做什么？"

"当然会发生改变，改变自会发生，但这不是我的目的。"卢安克说。

前不久我还去北京采访了一个人，名叫格法·普拉扎。他是英国籍的在读博士，本来在伦敦搞三维动画，又在艺术学校当老师，他的同班同学好多都在好莱坞里挣大钱的。

这么一个人，十几年前无意中看了一场京剧演出，于是整个人就被京剧迷住了，书也不教了，博士不读了，抛家舍业千里迢迢跑到北京来学京剧。什么压腿、踢腿、下腰、拿顶，什么做唱念打，受的那个罪，说出来人家都不信。

我问格法："你那个条件干什么不行，非得来中国唱戏干吗？"

格法能说一口流利的京味普通话了。他说："京剧美啊。你们的国粹嘛。所以我就来了。"

这个理由能让人信服吗？谁不知道戏剧没落啊，在咱们国内，但凡有能力挣钱、有能力干事业的人，都各自奔着大好的前程去了。有谁傻到像格法这样，放着好日子不过，来过这种艰辛又好像没什么"前途"的日子。

"格法，你原来的日子那么好，现在日子这么苦，你愿意这么过吗？"

“我当然愿意啊。”格法很奇怪，好像我的问题非但多余，而且不可理喻。

“那你为什么……”

“没有为什么。愿意就是为什么……”

其实人生就是一场旅行。就像一个广告里说的那样：“不必在乎目的地，在乎的是沿途的风景以及看风景的心情。”

我们很多时候，往往只在乎了结果，却忽视了沿途的风景。

谈一场恋爱，就要以结婚为目的——否则就是不道德的。这样的逻辑，在我们的生活里还少吗？

谋一份工作，就是要以当官为目的——当不上去，就是你无能。这或许就是中国人活得太累的原因。

何妨活得洒脱一点呢？

就像一次旅行，别再跟着大部队上车睡觉下车看庙了，走一条你自己想走的路，看看你想看的风景，遇见你想遇见的人，问问自己快不快乐，那样多好。

这个冬至，在这个黑夜最长、白天最短的日子里，其实真适合想一想自己的人生。

过了这一天，你的人生就会打开新的一页——白天一天天变长，黑夜慢慢变短。

这是冬至。

在西湖闲走时，接到一个电话，问冬至怎么过呢，有没有吃汤圆？

我一愣：冬至也要吃汤圆吗？

在我的老家，也有“冬至大如年”的说法，人们注重冬至这一个节日；也有“清爽冬至邋遢年”的说法，是说冬至这一天如果天晴，则除夕这一天基本会下雨。我从前也没怎么注意过，不知道是不是应验。

晚上回家，搜集一些冬至的资料来看。说在冬至这一天，皇帝会到郊外去祭祖，百姓也要去给祖宗上坟。上坟倒是真的，城市里的公墓地块，到了这一天往往道路拥堵，公交爆满，平时冷冷清清的地方，在这一天热闹非凡。

人们拎着酒菜，在墓前一一摆开，然后点起蜡烛，呼唤祖宗出来用餐。天气渐渐地冷了，人们还要烧一些纸钱给祖宗用用，以便在地府去买些寒衣。那些纸钱虽然也仿真币的样子，但印制粗糙，拿在手上一抖便有纸屑纷纷掉落；仔细辨认其面值，数额大到一亿元一张，以至那么多的“0”要好好数才能数清；还有“中国地府人民银行”的字样，似乎在阴间可以通行。面值如此巨大的钞票，到了阴间变成真金白银，不知道用起来会不会不方便找零，或者引起货币贬值，物价上涨。这些年时代进步，人们住上了洋楼，开上了汽车，于是想到故去的先人，让他们也在阴间过过好日子，于是纸做的小洋楼和汽车之类也应运而生，可以直接烧过去使用，不晓得阴间有没有车来车往，驾驶汽车需不需要考出证书——但这些细节，倒似乎并没有多少人会去细究。雷人的是，报纸上还说，有些地方甚至还有纸做的“三陪小姐”出售，真是叫人愕然无语。

冬至日起开始数九，“一九二九不出手，三九四九冰上走”——至少有四九三十六天严寒正迎面走来。这样冷的天，古人们宅在家里，便想出种种玩法——比如“九九消寒图”。

“九九消寒图”是一个游戏。《帝京景物略》里记载：“冬至日人家画素梅一枝，为瓣八十有一，日染一瓣，瓣尽而九九出，则春深矣，曰九九消寒图。”

还有另一种玩法——准备一幅双钩描红书法，上有繁体的“庭前垂柳珍重待春风”九字，每字九画，共八十一画，从冬至开始，每天按笔画顺序填充一个笔画，每过一九填充好一个字。九九之后，春回大地，一幅九九消寒图大功告成。

换作今天，“九九消寒图”可以换作一幅十字绣，在一个冬天里绣出别样的春天。

这样一些关于冬至的习俗与过法，我真是十分生疏了。在这样一个夜晚，我是窝在城市的某个角落，像往常一样，捧着电脑度过。

好吧，不要扯远了，还是接着今天早上“西湖边的自行车”往下说。

其实在一个地方骑自行车慢慢游玩，这种舒缓的节奏，以及贴身的感受，有着无可替代的旅行意味。你穿街过巷，看看市井风情，感受最民间的生活状态，与路人交谈，会让你很快对这个地方熟悉起来。所以，即便不是出来旅游，而是刚到一座城市开始一段新的人生，骑自行车这种方式，也能让你很快地接上地气。

在西湖骑车，就更是一件美事。有高高低低的桥，有举目即是的景，没有令人讨厌的汽车发动机声和鸣笛声，也没有红绿灯时常打断你骑行的节奏。只需沉浸在你自己的世界里，就好。

骑车也是一种慢生活。

"快些！再快些！"这是当下这个"现代性"社会的生活哲学。法国诗人波莱德尔说："现代性就是短暂、偶然，稍纵即逝。"所以，为了抓住那些稍纵即逝的偶然机会，不知有多少人患上了时间强迫症。

我也常常觉得焦虑。一天又一天，时间飞逝，而日程表上要做的事情一件一件积压下来。周末，我在城市之间奔走，坐着提速的动车组飞驰；而每一天的清晨和傍晚高峰时段，我又被堵在城市的车流中动弹不得。于是就幻想要跑起来，像刘翔那样奋力向前，跑到时间的前头去。

是的，"慢的乐趣"怎么失传了呢？

每次来到西湖边，我的心就会宁静下来。我调整步伐，平缓呼吸，把目光放远，让思绪放逐。我体会着周遭的一切都如我的节奏那样，慢下来，慢下来。

一片树叶开始飘落。一个人骑车驶过西泠桥。一个人唇上吹响口哨。

一羽大雁掠过长空。一位女子舞起长袖弹响古琴。一位剑侠趴在酒桌上长醉不醒。

在冬至阳光恣意的午后，我凌波微步，踏水而行，耳畔的风全都静止不动。

小寒记

要下多大的决心，才能去西湖边走走呢？天气真的冷了！而且，还下着雨。

我看看窗外阴沉沉的天空，还是拉开门走了出去。离开了暖气打得很足的办公室，一股寒意直钻进身体。我把领口紧了紧，撑着雨伞去街边打车。杭州的出租车总是很难打，尤其是在下雨天。我在体育场路口等了足有十五分钟，就在快要放弃打车改乘公交车之时，一辆出租车戛然停在我面前。

我跑过许多城市，北京的出租车司机最能侃，天文地理历史哲学上下五千年，明星绯闻国际反恐甚至政要的任免信息，他们都能滔滔不绝与你侃上一路。相比而言，杭州的出租车司机就要腼腆斯文得多，只要你不开口，他们也轻易不开口，仿佛开车是他们的本职工作，而寻找话题这件事他们实在不想太费心。

于是这样在一辆穿行于阴雨的城市街道的出租车里，司机与乘客静坐无言，各怀心事，只有广播里的男女主持人保持着一贯的热情洋溢播报着新闻——

“元旦小长假过后，虽然杭州的天气还算正常，但是北方罕见持续的大雪，以及西南大雾天气两面夹击，使得萧山机场延误了七十二个航班……”

烟雨西湖真的是很美！

出租车在环城西路上拐个弯，刚驶上北山路，可以远远望见蒙蒙水面时，我就在心里惊叹，暗自觉得这一趟冒着寒冷和冰雨出来实在不亏，并且简直是赚到。我在断桥边迫不及待下车，撑了伞往前走。断桥边一改往日游客熙熙攘攘的景况，只有少许行人的身影在阴阴的路面上映出影子，我竟然在心里生出一种窃喜：如此景致，多少人没有看到，却被我独自享用！所有的美，都是我一个人的。

我差点要在心里击掌相庆了。

断桥边一大片枯黄的残荷，在冷色调的视野里展现一片暖意。与对岸北山路上未及掉光的梧桐树叶遥相呼应，真是美极。听说这残荷，还是园林管理者特意留下来供与游客欣赏的，可见管理者心中有诗意，才让我们体会到这份美丽。

竹坞无尘水槛清，
相思迢递隔重城。
秋阴不散霜飞晚，
留得枯荷听雨声。

这是唐代诗人李商隐的诗句。淅淅沥沥的秋雨，点点滴滴地敲打在枯荷上，那错落有致的声响，该是一种怎样的清韵？

此时，我立在断桥上，面对满塘残荷，却并未觉得凄清。可以想到的是，夏日时那繁闹的花事，浓密的绿意，那丰盈的美好，鲜活的快乐；眼下景况，不免是逝去的繁华，凋零的时光，是枯萎的感伤，走远的年华。而此时，我心中更多却是感动，因为这泰然的静美，是落寞孤寂里的缠绵悱恻，是风雨飘摇里的坚韧灵动，是似水年华里的不动声色。

元旦刚过。我不由想起，自己来到这座城市，已经一年。

这一年，我终于在这座城市，在西湖边，落下了自己的脚跟。

四月，春天里，在飞涨的房价面前，我咬牙赤身地冲进去买了房。事后证明，我那咬牙一冲是有多么明智！在我借住于蜗居屋檐下，幻想着某一天拥有自己的家时，我也曾被那高昂的房价吓退了脚步。但是，我们还能有别样的选择么？在生活的全面追击下，你只有勇往直前，呆呆向前冲。

后来我甚至要为当时自己的冲动而感激涕零——这座城市的楼价经过这一年疯狂的一路攀升，到了年末已经把许多人（甚至只因一时的犹豫）无情地抛弃。许多人追悔，更多人痛恨，可是又都无可奈何。

之后我开始忙着装修，那些细琐的、麻烦的、想想都头痛的大事和小事。直到现在，工程总算是接近尾声，原来那徒有四壁、内容空洞的房子，现在已经粗具家的样子，墙壁刷白了，地面铺平了，有了门，有了橱，床和书桌都在头脑里勾勒出了模样。

我想，当新年的钟声敲响的时候，就可以住进真正的，属于自己的，在杭州的家了。

这的确是奔波的一年。

除了适应工作、买房装修令人心力交瘁之外，我还要每个周末都赶回去看我的女儿，这个小小的女儿，每周见到她都会有新的成长，而不能更多陪在她身边是让我觉得遗憾的事。

每次回去，都尽量地抽时间陪着她一起度过。拉着她的小手，去田野里走走，去公园里逛逛，分享她的快乐。记得有一次回去，她正在路边，嘴里还含着一口饭，看到我时，那张大嘴巴欣喜的样子，至今想来都觉得滋味复杂。

现在她早已习惯了平时见不到我、只是偶尔才回去的规律，在每天的电话里讲一些话。上个月，听说我要回去，她一定要让她外婆拨通我的电话，不拨，差点要哭出来。电话接通了，她在那头说："爸爸，明天很冷的，路上要结冰，你开车小心一点呵。"这么小的人，开始为我担心了，鼻子一酸，差点被小姑娘感动得掉下泪来。

现在，她已经上了幼儿园，而且更长大了许多。

我想，接下去用不了多久，她也会来到这座城市生活，我们可以每天都在一起。

在这美好的西湖边，天晴也好，落雨也好，下雪就更好——我愿意牵着她的小手，一起在这里行走。说话也好，不说话也好，只要在一起。

小寒，像一个美人的名字。有点轻灵，有点可爱。

如这冷意，似在逗你——刚出门时颇有些不敢消受，但在湖边走一会儿，虽有细雨潇潇和冷风拂面，身上却有热量在渐渐涌动和发散，就连执伞和握相机的手也不再那么凉了。

雨中的西湖是安静的，这时候按下快门，每幅画面都是安静。梧桐的黄叶落在水面，小鱼在叶下穿行。竟还有人撑伞在湖边垂钓（西湖一直是禁止人垂钓的吧）。于广阔的水边，他执一根竹竿立着，如一截树桩般半天不动，我真怀疑他是否能钓上一尾鱼来（没钓上鱼来，钓鱼这行为便不构成违规）。我在边上看了半天，很想等着浮标动一动，紧接着垂钓人一提竿，牵出一个活蹦乱跳的惊喜来。然而那浮标一动不动，垂钓人也一动不动，水面也一动不动，真是叫人恍如置身于诗意禅境中：

“孤舟蓑笠翁，独钓寒江雪。”

“哥钓的不是鱼，是诗意。”

“竿不动，鱼动；鱼不动，心动；心不动，你动。”

正如你所猜到的，我动——我估计不会是一个好钓手，这古老而寂寞的行当，不是一般人可以坚守的。至于提着用柳条串起的一挂鱼走在回家的小路上，这种快乐我倒非常乐于去享受。

我的外公很早以前就去世了，他生活在大山的深处，那里有密密的森林，飞流直下的山涧水，以及清澈平缓的河流。他有着多种令我羡慕的手艺，比如在山上密林里分辨野兽的足迹，并在它们必然会行经的线路，安上用竹子和绳子制造起来的机关，隔天他带着狗上山巡查，必然会背着野兔、黄麂甚至野猪下山。他还会把山上的毛竹枝条砍下晒干，扎成一把把的扫帚，和黄麂、野猪一起背到城镇里去卖掉，换回一些生活的必需品。有些个傍晚，他会提着一根钓竿去到河边，回来时手上就会拎着一串鲜活的野鱼，鱼用柳条串起——正如传统国画里经常画到的那样——那些野鱼有着好听的名字，如“红丝棍”“白条子”等等。

对于我来说，外公的生活方式令人神往，虽然他一生清贫；如果再给我机会，我多想学会他会的那些手艺，跟着他一起穿过密密的丛林，在铺满落叶的山路上分辨野兽的足迹和粪便，还有，怎样用柳条串起那些只有二指宽、身材纤长的鱼。

“渔夫、猎户、樵夫等人，终生在原野山林中度过，就一个特殊意义来说，他们已是大自然的一部分，他们在工作的间歇里比诗人和哲学家都更适宜于观察大自然。”

这是梭罗的话。正如他所言，渔猎很早就把我的外公介绍给野外风景，使他安置其中。而我，至今叫不出许多植物、飞鸟、野果的名字（这很难学，我买了好几本野外鸟类和植物识别手册，但收效甚微），甚至不会钓鱼，这让我深感遗憾。

现在一晃眼我在城市，在西湖边，我年过三十，与乡野错过的那些年纪里没有学会的知识恐怕再也难以弥补上。这座湖过于精致，虽有野性也是人为精心营造的，山坡上杂草很少，春天里同样一种花长得一派花团锦簇。

我想以渔猎的哲学在这座城市里跟随季节一起生活。这样，我就能与光阴的流逝保持一致，当雄性雉鸡拖着五颜六色的长尾巴羽毛骄傲地在山间飞过时，我可以在北山路感知一个季节的来临。

大寒记

太热了。

昨天，每个人走到办公室，都感叹一句："这天气，简直像春天一样！"

新闻上说，昨天的最高气温达到19.7℃，穿衬衣短衫的人不少。"这还是冬天吗？很多主妇在洗洗晒晒的同时看看天，觉得看不懂，心里不踏实，生怕哪时就变了天，收衣服也来不及。"新闻还援引来自气象台的消息——这样的气温破了三十年来这一天的最高气温。之前三十年来的最高气温出现在1972年，为17.1℃。出现这样天气的原因，是因为暖湿气流比较强。

而今天，1月21日下午4点，我直扑西湖时，寒风凛冽。其实早上已经降温十几摄氏度，一反昨日的温湿感觉。到了下午，骑着自行车手上都觉得寒冷了。

白堤上见不到几个人。或许是时间晚了些吧，人们都缩到暖暖的屋子里了。毕竟是大寒呢！这时节，连白堤上的柳树，垂枝条上都没有树叶了。

大寒，一年中最冷的时候。什么时候，会下一场大雪呢？

天寒地冻时，西湖会结冰吗？

当然会啊。没有骗你——十天前，天气很冷，西湖也结冰了！很多电视台记者跑去采访，据说结冰面积还比较大，冰的厚度也达到2毫米左右。一直到中午太阳出来，西湖的冰面还未全部融化。

西湖比较大的冰冻，是在1977年，连着十天的冰天雪地，到了1月4日，湖面上就结了厚厚的冰！市民听说后，大群大群的人涌向西湖冰面。西泠桥边的湖面上，有人溜冰，有人在湖上骑自行车，甚至有人踩着三轮车也进去了。有位叫黄晓鸣的市民，和他的朋友一起，还从柳浪闻莺一路步行，穿越大半个西湖湖面，一直走到三潭印月，留下珍贵影像。

在冰湖上行走，在北方司空见惯，在南方，那是怎样的一幅奇异景象呀！

冰冻三尺，非一日之寒。那年如此大的冰冻，不是一夜之间冻出来的，而是长久低温累积的结果。气象部门保留着这样一组历史数据，记录的是当时每天的最低气温——

1976年12月26日　-4℃

12月27日　-5.1℃

12月28日　-5.8℃

12月29日　-4.7℃

12月30日　-4.4℃

12月31日　0.5℃

1977年1月1日　0℃

1月2日　-0.2℃

1月3日　-2.5℃

1月4日　-6.2℃

1月5日　-8.6℃

1月6日　-8℃

1月7日　2.9℃

1月8日　-0.2℃

大寒，要是有大太阳，那是最温暖的事。

小时候有个冬天，冷极了。冬季稻田里一片萧瑟，一个个稻草垛孤零零地堆在田间。中午明晃晃的太阳出来，照得大地一片温暖。母亲去田里拉稻草，把成堆的稻草挪开时，竟发现草垛底下半干不稀的泥巴里，有着许多泥鳅。那泥鳅恐怕是挨了长久的寒冷，都赶着从洞里钻出来晒太阳呢。

我提了一个小木桶去，和弟弟一起抓泥鳅。揭开稻草堆下面有一窝，揭开稻草堆下面又有一窝，揭开稻草堆又有一窝……真是好开心啊。一边抓，一边嘴里不由要哼起一个歌："池塘的水满了雨也停了，田边的稀泥里到处是泥鳅，天天我等着你，等着你捉泥鳅，大哥哥好不好，咱们去捉泥鳅！"

其实我是晓得的，稀泥里的泥鳅全身滑溜溜，行动异常灵活，最是难捉！天寒地冻的时候，泥鳅都躲在干泥洞里冬眠，用锄头挖出来，泥鳅连跑都不跑。要是跟那个冬天一样，泥鳅相约出来晒太阳玩，就连挥锄头挖泥洞的力气都省了！

多少年以后，我仍对这起捉泥鳅事件念念不忘，津津乐道，年年冬天回到老家都惦记着。可是人到中年，女儿都能满地跑了，再说去捉泥鳅简直要被我的父母笑话，只好拉上女儿，对她说，爸爸带你去捉泥鳅！女儿说，捉泥鳅有什么好玩啊！不去不去！我恨不得立即捂住她嘴，左右看看无人，又是连哄带骗："很好玩的，很好玩的，稻田里的泥鳅还会跳舞呢……"女儿经不起诱惑，于是连蹦带跳地去了。

路上碰到相熟的邻居，我都不好意思说自己去干吗。明明肩上扛着一把锄头呢。只好说，带女儿去田间玩……然后笑笑，蒙混过关。

令人沮丧的是，田里早已没有泥鳅，好些年了，我再没有捉到一只泥鳅。父亲说，现在田里都用很多化肥啦农药啦，泥鳅早就绝迹了。所以每次，我在城市的菜场里看到卖泥鳅的摊主，仍会忍不住问，这是野生的还是养殖的？其实我知道，问也白问，摊主一定会说，是野生的。而我也早已知道，野生的泥鳅早就无觅行踪了。

这个世界的改变总在发生。很多东西就这样从你的生活里，悄悄消失了。

《捉泥鳅》这支歌，要是让山人乐队来唱，那一定很快乐。那次在柳浪闻莺，西湖音乐节上，山人乐队一开口："我们是来自云南的F3……”现场气氛就像潮水一样爆了，然后他们唱：

“你可吃蚂蚱，吃么我去抓。你可吃蚂蚱，吃么我去抓。你吃不吃蚂蚱，吃么我去抓。你可吃蚂蚱，吃么我们抓。这里有一只，那边有一只。你可吃蚂蚱，吃么我们抓……”

全场的人，于是都跟着一起唱了，“你可吃蚂蚱……”仿佛回到童年，真是欢乐。

咦，我怎么从捉泥鳅扯到捉蚂蚱去了？

赶紧打住，绕回来——都说秋后的蚂蚱蹦跶不了几天，到了大寒，估计耐不住霜打风吹，早就呜呼哀哉了吧。

小时候在大寒天还有一种游戏，叫“榨油干”。一群群孩子，在乡间小学校的墙壁前排成一排，两边往中间挤，中间的被挤出后又去旁边接着往中间挤，一个个拼了老劲地挤，喊声震天，那阵势十分闹猛，不一会儿个个小脸红扑扑，身上热腾腾，额头还挂着汗了。

那时最寒冷的冬天，都是这么热热乎乎过来的。

因为寒冷，人们会想要拥抱取暖。

大约在冬天起了结婚念想的人，其比例应该远远大于夏天。这天我在西湖边，甚少看到有孤单行走的人——当然，我是例外的那一个。

至于我，为什么要在这冰冷的天气里，形单影只地来西湖边散步？难道仅仅是因为在数月前突然起了一点兴致，说要在一年时间里按着节气的脚步到西湖边来拍照么？这样的计划，并不一定非要坚持做下去吧，并没有人逼着我这样去做，而且也没有人来监督——虽然我曾在平日的闲谈里，跟人聊起过这件事，但也只是随意提及，并非郑重其事的样子——所以，如果某天因为天冷，或者心情不好，或者有工作必须赶时间完成，就此中断了这个计划，倒也说得过去。

而且，这件事，也并非像两国总统会面一样重要。从某个角度来说，甚至可说是全无意义。碰到一个较真的私企老板说不定他会找个借口叫你滚蛋——什么，竟敢在上班时间私自溜出去玩？你要搞搞清楚哦，到底哪件事才重要！

我在手机上安装了农历软件，并在月历本上圈出那些日子，定期地跑到西湖边来约会，不管那一天天气如何——比工资、账单、水电费、“女人的那几天”这些东西每月一次的频率还要高上一倍。从一开始的好玩，到了后面慢慢变成习惯，我开始感受到另一种快乐——你在做，你快乐。

有时候坚持确实是一件不容易的事情。比如跑步、游泳，甚至是每天清晨对着镜子笑一笑，事不在大小，只要你坚持做就不容易。坚持真是克服心灵慵懒的一剂良药，它会在你做了这件事之后赏给你一点奖励，就像海族馆的海狮表演过后驯兽员奖给它的食物和吻一样，让你感受到一种发自内心的愉悦——

“真好！我又做了一件事！”

有时候你也会对自己说：“真好！我没有浪费这一天。”

就是这样，只要你去做，那就对了。很多事情并没有天生被赋予多么非凡的意义。

台湾主持人蔡康永说过一段话："十五岁觉得游泳难，放弃游泳，十八岁时遇到一个你喜欢的人约你去游泳，你只好说我不会耶。十八岁觉得英语难，放弃英语，二十八岁出现一个很棒但要会英语的工作，你只好说我不会耶。"

人生前期越嫌麻烦越懒得学，后来就越可能错过让你动心的人和事，错过新风景。

我去做，也是不想错过以后可能会遇到的风景。

冬天，夜晚来得早。远远的，湖那边的灯光都亮起来，与水中残荷相映成趣。真美。

我为这一天感到快乐。

朝着城市间家的方向走去，肚子咕咕地响。我一边走一边想，晚饭该在哪里解决。

立春记

地是湿的呢。

雨又恰到好处地停了。

嫩草发出新鲜的嫩绿，野鸭成双在春水里游玩。

这一切，真是太完美了。仿佛都为了说明，今天，立春。

只要天气稍好，白堤上总是有很多跑步者。有游客到杭州游玩，就在西湖边找个旅馆住着，哪儿也不去，就是清晨早早起来，沿着西湖的白堤、苏堤、杨公堤跑一圈。

立春过后，天气转暖，白堤上的跑步者渐渐多起来。最近有人在豆瓣上，征集“一同在晚饭前去西湖边跑步”的志同道合者。在家里和健身房的跑步机上锻炼，真是让人觉得枯燥乏味。

在西湖边骑自行车，也是非常享受的事。

这两天在本地论坛上，还有个女生发帖，说了一件关于骑自行车和跑步的事。为了保持原汁原味，请允许我顺手拷贝粘贴过来——

“天气那么好，那天下午三点半在西湖边骑了辆蓝色的小折叠车，慢慢悠悠，一个上坡一个下坡，一会上车一会下车，害我上车下车……”

然后，一个人出现了。

“……你在那边跑步，好像是灰色的短袖，不知不觉，一会儿追上我，一会儿又落后，一会儿又追上的，跑到我车旁，冲我笑了下，还说要跟我一起比赛！一溜烟又跑了……

“后来过了花港观鱼，人太多，我也累了，我就折回来，你们在那偷偷笑，看到你们的笑脸我难为情地骑跑了，原来你是和另外两个男孩子一起来的。回去的路上就再没碰到你，我在印象西湖那个地方等了半小时，我想，如果你没出现，那我就走，一直等到太阳都快下山了，还是没有来，我走了，走了。

“已经过去刚好十一天了，这些天我也蛮忙的，没时间再去西湖边骑车……朋友都鼓励我上来寻找一下那个男孩，我一直忘不掉他……不管怎么样，这是我人生中一个小小的插曲，寻找的过程才是最重要的。”

这个帖子发布以后立即成为热帖，有许多网友在为女孩加油、顶帖，让人觉得心里暖暖，爱意萌动——果然是春天了，万物生长。

我不知道那个跑步的男生，最后有没有看到这个帖子，也不知道他是否能与女孩真的再次相遇。但是，这个寻找的过程真的又美好又忧伤。

以后，当我每次在白堤上散步，有骑车的女孩或跑步的男孩从我身旁掠过时，我都会忍不住多看一眼。无一例外，他们都很年轻，脸上洋溢着春天的气息。

有一天他们会在时光里老去，可是那有什么办法呢，正如生命中一次偶然的机遇，总会被忘记。

我是骑着自行车往西湖边赶的。每一天总有很多活儿要干，那些活儿一件一件堆积在办公桌上，你干完一件又有一件从桌面上生长出来，像春天的野草一样来不及拔完。

当那些野草已经高出我的视线，差点把我围困住的时候，我从梦一般的生活里醒了过来。我慌里慌张地下楼，用公交卡随便借了一辆自行车就往西湖骑去。路人看到这个人一定会感到惊异，因为他看起来就像在睡梦中一样恍恍惚惚，人们跟他说话他也不知所云。

他去梦游了。在他身后，人们可能会这样说。但是他顾不上这些。一个雨意空蒙的西湖，一个在意念里无比空灵的西湖，总是有能力把一个人从生活的重围之中拔离出去。

冬天的树在你看不见的地方静静地生长，再过些日子嫩芽就会绽破树皮。野鸭们在水上追逐热恋，根本无所谓别人的目光；船工们随意地把船停靠在湖边，任木船随波荡漾，他们远远地走开，把活计随便地扔在了大白天的湖面上。

当别人千里万里地跑到西湖来，只为了看一眼西湖时，我们却往往不知道珍惜。我过着一生中一个又一个平平常常的日子，若不是在立春这天出来逛一逛，我完全会忽略掉这天作为又一个序列的开始应该具有的意义——它提醒你，又一个节点到了，一趟列车轰隆隆又到一站了。在这漫长的旅途中，有些人上车有些人下车，你随着列车轰隆隆向前，并且希望终点站永远不要到来。

大半个孤山曾是皇帝流连的行宫和花园。山上有一个精致的小园林，小园林里有一座亭，名“西湖天下景”。以前这里非常有名，到西湖游玩的人，大多会在这座亭子前留影纪念。

当我逛到孤山的时候，我忍不住把脚步放慢了。这是西湖里最精致的一个所在，也是历史最稠厚的所在。几步一个历史典故，几步一个文化遗存，如果你要把每一处名胜与历史的牵连从时光的深处一一剖理出来，那将是十分辛苦的事。好在大多数人走在孤山时，只会因这个大岛美好的湖光山色而流连不已。至于过去的那些旧事，他在意也好，不在意也好，历史总在那里，不多不少。

这样一个湖中岛屿，有着自己独特的节奏和内在的审美。它与城市完全隔离开。它没有什么噪音，没有高楼，没有霓虹灯，甚至没有灰尘与废气。它也没有一丝慌乱与焦灼。它有的只是过往，所有的时光累积起来，以至无比沉甸。

西湖天下景亭仿佛处在园林的山谷中，与其静默相对的，是假山奇石叠嶂的高处，另一座造型简洁的亭子——万菊亭。亭子后边的小路边，竖了一块碑，碑文记载："万菊亭为纪念种菊名家张又莱先生，建于一九三三年……"

为了这座亭和这座碑，我曾专门赴南京采访过一位老太太，是一位海军中将、曾留学日本爱菊成癖的张又莱的第二房太太——老太太还健在。我到了南京小粉桥24号，花木扶疏的院落，三层洋房是民国的房子，木楼梯木地板，人走在上面会发出百年时光的回响。老太太已有百岁，耳聪目明，目光沉静，不说话时，她的眼神好像落在很遥远的地方。

她是满族人，清王朝结束，各亲王东奔西走，家属子女零落散去；她也是某王亲贵族家里的小姐……

时光的长卷一点一点向我展开，那么长的故事，那么多的忧伤，重得似乎让人无法承载。当年，那位海军中将只看了她一双葱葱玉手，就要娶她，而当时她十九岁，他大她三十岁。他们在一起三年时光，三年后，他生病逝去，留了她孤单在这世上。

1949年后，她也曾去派出所希望查找到自己的身世。但她竟连个姓氏都没有。这又从何查起呢？

"妈，你还记得爸爸的样子吗？"许多许多年以后，女儿问过她。

"啊？"她没回答记得还是不记得。那些事，真的太遥远了。

"你记得杭州家里，菊花多不多？"女儿又问她。

"多……家里都是！一拨拨的人，都来看，地板都给踩坏了！”

至于其他的，她真的已经不记得了。

不记得，真好。

雨天的西湖很安静，很多人走过时都不说话，好像在思考什么问题。也有可能他们什么也没想，只是聚精会神地注视西湖的美。一个人走路，一边走一边听音乐，当然也没有适宜说话的对象；两个人走路，一男一女牵着手，或是一前一后分开，却也不说话，在别的时候和别的地方，会很怪异，这会儿却贴切得很，这份沉默也叫人无限享受，温暖地放置在两人中间，像棉花糖一样柔软和让人感到安心。

我特意揪住在风里飘动的细柳，查看有没有迸发嫩芽，答案是还没有。在靠近西泠桥的地方，有一大片草坪，有个女孩晨读的雕像，每次看到她，我都恍然觉得置身于某中学校园。再往前走，在大片的绿地中间，有几棵高大的广玉兰，光秃秃的枝头立着一个个毛茸茸的花苞，真是叫人无限期待那满树的洁白，以及突然某个清晨雨后，树下一地的花瓣如云。

我静静地在西湖边等待天黑。总有一些时刻，你不愿从美的旁边离去。

雨水记

在杭新景高速公路杭州南出口的收费站前，我们排在长长的车流队伍中。每个出口都有几十辆车子排队，往前望不到头，往后，也望不到尾巴。

这一天，正月初六，雨水节气。所有放射状离开杭州到四面八方去过春节的人，又从四面八方聚拢到这座城市里来。杭州这座城市，跟许许多多的大城市没有二致，一半以上的人口都有着无法割舍的外地血源，这从春节期间空空荡荡的马路可以看出来——原来一天到晚水泄不通的延安路、中河高架那几天冷冷清清，偶尔驶过一辆车子仿佛在青藏高原上奔走；大型商场和超级市场也同样空空荡荡，营业员几乎要趴在收银机上打瞌睡。

现在，在上班前的最后一天，这座城市重新被“外地人”占领。

我被堵在漫长的车流中缓慢移动，抬头看看晴朗（或许也是因为春节期间废气排放大幅减少而显得特别湛蓝）的天空，不由感叹一声：“终于回来了！”

坐在副驾驶座的朋友吃了一惊：“你说什么？”

“终于回来了。”我答道。

我终于缓过神来，似乎一个无意间脱口而出的词汇暴露了我百味杂陈的心理状态——“回来”，英文词汇叫“back”，难道我的出发点是在杭州吗?

显然不是。

我刚刚在这座城市找到了心理的落脚点，不再漂泊无依：在钱塘江以南、与闹市区隔江相望的新城，拥有了自己的一间房屋，虽然我为此付出的代价是向银行预售了自己此后三十年的青春；年前我还去那里看过一眼，地上早已铺好明亮的瓷砖，甚至可以倒映出人的影子，墙壁也已经刷得雪白，白得叫人不忍心用手指去触摸它，还有我的书房，从一个房间隔了一半出来的书房，木工在靠墙位置做了一排顶天立地的书架，站在它前面我可以想象出被无数书堆满的情景，令人感到心满意足。

我现在仍然租住的地方，那个不足十平方米的小房间，家具简陋（唯一的家具便是那张简易的木床和一张旧书桌），生活简单，但我也深深喜欢它。有时写作到凌晨肚子饿得咕咕叫，我起身下楼可以进24小时营业的永和大王店里喝上一碗热豆浆，他们家的牛肉粉丝汤也能很好地抚慰我的胃；附近弄堂口还有一对老夫妻经营的烧烤摊，不管多晚都有人等在那横吹的风里，偶尔我会要一碗炒粉干，并且强调“要辣的”，回到房间后就着两口白酒，也能很容易地吃出幸福感。

除此之外，我的心可以落下来了。一段时间的离开之后，突然对这座城市有了小小的想念。当我驶出高速公路杭州南收费站的时候，我竟然有了“回来”的感觉。而这与一年前，我冒冒失失地来到这里，是有多大的不同！

如今，我离开杭州，是“回去”；我抵达杭州，是“回来”；我去西湖边走走，是“回去”还是“回来”？

人要经历过多少世事，才会达到“每一次出发都是回来”那样一种境界呢？

趁着傍晚天黑以前，我去西湖边走走。我要看看它在长久没见之后（事实上仍然只是相隔着一个节气，但中间隔了一个“年”，总会让人产生时光被无端拉开好远的错觉），是不是有些变样。这是一次早已预约的会面，我从遥远的家乡赶回来，也是正有此意。

这真是令人感叹的好天气，斜阳温暖，金色的阳光涂洒在西湖水岸线那一排排的建筑物上，把城市刷上了一层暖色调。转过身来，逆着夕阳观看湖景，你又会发现整个湖面流光溢彩，载着对对情侣缓缓划过的小船儿制造出无数的阳光碎影，浪漫无比。

我喜欢看西湖边的人，每个人的脸上都写满故事。如果你像我一样无所事事，随便在哪一张椅子上坐下来，可以从经过西湖的人们的脸上读出一部小说来。当然，耽于幻想是一件易让人着迷的事情。我曾许多次在火车站和机场的到达出口处接人，人流涌动，人们走出来经过你眼前只有短暂的两三秒钟，一个人影一晃而过，但是一张张脸很快会在你的脑海里串成一部故事片。

西湖边也是如此。我曾见到有人拖着沉沉的行李箱，独自漫步在白堤上，他的脚步有点懒散，看起来神色也不那么着急。他是刚刚抵达呢，还是准备离去？抑或是抵达和出发之间的短暂停留？他的行李箱中装着什么？是一个人迁徙的全部家当，还是一箱刚刚从银行提取的现金？抑或是一台医疗单位专用的血液检验仪器样品——从他西装革履的打扮来看倒有几分神似外资公司的销售经理，但从他那悠然自得的眼神来看，又颇有几分小清新的文艺色彩——总不至于箱子里装着一套凶器吧，比如刀斧剑戟或拆散的美制M16狙击步枪零部件加一个远程瞄准镜之类，那么他的身份自然就很可疑了，为什么他会在执行任务之前到西湖边来逛一逛呢？十分钟前有一位戴着墨镜染着棕色头发的美女经过他的身边，又会是与他接头的线人吗？

总之，每一张脸的路过，都可以启动一次思绪的出发，而思绪的每一次出发，又将是一趟全新的历险，你不知道这趟极速的飞行会在哪个站点停下。

“雨水”是一个湿漉漉的词汇。在乡下，这样的字眼直接与绿油油的麦苗、忽然丰沛起来的溪水以及远山的轻烟黛岚联系在一起。节气真是个好东西，让时光变得像竹节一般，一节一节可以触摸得到。比如立春，是刚踏进春的门槛，到了雨水，忽然就有了湿漉漉的感觉，一到惊蛰，地气萌动，春分时节，桃李争艳，到了清明，就是踏青与怀人的印象。而谷雨，又跟农事、耕耘联系在一起。

“雨打雨水节，二月雨不歇。”农人们会一直念叨着类似的乡谚，这些精练的语言准确而生动。我曾那样地喜欢乡下的春雨，起先并不多，只在夜晚来临，沙沙沙地扑打在屋瓦上，一夜好眠。清晨起来，细雨已止，高大的芭蕉树拔出新绿，竹叶被清洗得发亮，于晨光里轻轻摇曳，青翠欲滴。南方的屋瓦油黑湿润，一垄垄在岁月中静默，焕发出恒久的诗意。早春的生机最早是在地底下蔓延开来的，从立春开始，每日都有老牛往田野间行去，农人扶犁而耕驾驭其后，吆喝声和清亮的鞭声像是田间的乐章，他们身后新鲜翻开的泥土里，还有白色的地气萦绕上升。

这个时节，乡下的“年”还没有远去，早年联结村庄与村庄的泥路上常常有人走着路或骑着自行车拎着草纸包互相拜年，仿佛要把年有意地过长。那些泥泞的脚步把酒味歪歪扭扭地洒了一路。而近些年，泥巴路早被平坦干净的水泥路覆盖，人们骑摩托车相互拜年，吃了一顿中饭就各回各家，拜年儿已退化成一种简明而不得不为之的仪式，甚至连喝酒都是浅尝辄止，不再酣畅。村庄里的年轻人一个接一个地离去，跟我一样奔向远方的城市，元宵节还没有到来，村庄已迫不及待地恢复了沉寂。这些候鸟一般来去的年轻人早已对农耕之事全然陌生，不仅不晓得稻谷要在什么时间怎样地催芽、如何均匀地撒向平整的秧畦、秧子又要过多少时日才能长到一指多高，就连什么是雨水与惊蛰也完全无人在意。离开土地之后，对这些再付诸关心已经没有多少实质的意义。

北山路的梧桐树虽然萧条依旧，但好天气里出来闲逛的人还是不少。到了五点半，暮色渐渐地浓重起来，湖边长椅上有一对年轻的恋人把头相互靠在一起。我站在离他们不远处拍几张断桥的照片，镜头里远处的雷峰塔清晰可见。这时我听见他们的呢喃：

“你有没有想我呢？”她重复，“有没有，快说。”

“有。真的有。”他老老实实地说。

“这就对了……今年，我们再节约一点，多存点钱吧……”顿了一顿，她说，“十二月回老家，把婚结了吧。”

我敢保证，我并没有偷听的企图。我只是恰好听见而已。我停下了正按快门的手指，似乎怕咔嚓咔嚓的声响惊到他们。离去的时候，他们的头仍然靠在一起。我觉得这是多么快乐的一天，又是多么有盼头的一年的开始。

他们是在西湖边的某个茶馆里工作吗，还是北面工业区里的某家工厂？他们谈了有若干年月了吧，听语气上，似乎女方对这段感情的主导意识很强哦，若是他们结婚了，一定是她掌管家里财务的概率会比较大一点吧？

我就这样一路乱想着，归去，发现湖边的草地已经绿得很浓了。

卷三

【江南三书·廿四声】

有时我会走上一条以前从未走过的小路。让人意外的是，总是会发现那条小路美妙至极。人迹少至，风光秀丽。一株草，几丛花，若干棵散落的树，都生长得恰到好处……

这样的秘境和小路有几个地方也就够了。置身其中时总想着下一次还要再来。但往往又会隔了很久才去。置身其中时又总想着下一次一定要带谁一起来。在另一个不同的天气又可以带谁一起来。可以坐在水边说话，或者隔着一米的距离坐着，不必对视，也不必拥抱接吻。当然，如果正好有几片落叶飘下，或者荷花正好悄悄地开了，两个人都觉得不拥抱接吻一下不足以感激这一切，那么，拥抱接吻一下也是无妨。

惊蛰记

这两日天气真不好。电闪雷鸣，雷雨交加。

昨日凌晨，熟睡之中被震耳的雷声吵醒，雨声哗哗作响，打在屋外雨篷上声音骇人。到了上午九点多，第二波瓢泼大雨降临，白天像黑夜，路边的灯亮了起来。

气象台说，连续几天来，整个杭州地区的面雨量（整个区域内单位面积上的平均降水量，能较客观反映整个区域降水情况）达48.6毫米，市区面雨量超过46毫米，其中余杭、临安的雨还要大些。

反正，气象台的术语很多我们是听不懂的，或许他们也压根不想让我们太懂。不过雨大却是真的，简直让人无法出门。

惊蛰。虫子们一定是被这隆隆雷声惊到了，恐怕它们不会料到有这么一场大雨。这与它们梦中春暖花开的场景有多大的不同！尘世间事，并不总是顺遂人愿，虫亦如此。

民间说，这是“桃花汛”。

“怕烟江渡后，桃花又泛，宫沟上、春流紧。”

桃花夭夭，一夜春水猛涨，载不动许多愁：农田被淹，山体滑坡，房屋被毁，动物奔逃。杭州的水也涨了，运河拱宸桥水位3米（上涨14厘米，超警戒水位29厘米），余杭塘河水位3.03米，西湖水位7.16米（上涨3厘米），上塘河丁桥段水位3.74米（上涨12厘米，超警戒水位34厘米），西溪湿地核心景区水位1.92米（西溪湿地周边水位3.14米）。

惊蛰第二日，天晴，碧空如洗。我对这好天气充满感恩之情，发自肺腑。

孤山，玉兰花开得正好。我喜欢玉兰盛开时，枝头一片洁白如云的气势。前些天在老家乡下，看到油菜花已经开了，在无边旷野里，在广袤的田间，油菜花开的气势也是十分壮观。油菜花真是朴素到极致的花，每一朵都只比米粒大不了多少，花形简单，花瓣更平常到不忍言说，颜色呢，只是“普通”二字可以形容，遍天之下再无另一种颜色的油菜花——然而这样其貌不扬的花，以极大规模出现在你眼前时，仍然可以美得叫人一下子屏住呼吸。

油菜花若是乡野的村姑，玉兰花则是大家的闺秀。后者高高在枝头，冰清玉洁的样子，似乎无形之间造成一种心理的距离。许是它的花形看上去过于奢华，又颇有显摆的张扬。然而比起在枝头的盛放，我更欣赏它飘零满地的美，并不是凄美，而是——依然华美。张爱玲却对玉兰有过尖刻的形容，说，“邋里邋遢的一年开到头，像用过的白手帕，又脏又没用”。虽是在小说情境中，然而，拿“没用”来指责花，实在也有失厚道吧，“没用”

本来也是很多花的命——不见得非要结出什么果来，才能尽情地绽放一回吧？

生活中亦是如此，正是那些无用但美好的事物，让我们的内心更加丰盈。

人的很多爱好，比如听音乐，做梦，闲坐，都是无用而美好的。

拍照片亦是如此。

在玉兰树底下，我就看到许多摄影爱好者在给花拍照。有一个人，对着一朵将开未开的玉兰花取景，他把相机支在脚架上，弯着腰，眼睛瞄着相机，吃力地瞄了半天，然后伸直了腰，就地坐了下来。

老半天都没见他起身，去按下快门。

边上有人很好奇，探头探脑，过来问："为什么还不拍呢？难道你在等什么吗？"

这个摄影师神秘一笑，说，我在等这朵花开。

真是很玄的回答。

唉，匆忙的过路人，怎么会懂等一朵花开的心情呢。

所谓惊蛰，大概是说，这一天是春天的闹铃吧。雷公轰隆隆一响，再沉的懒觉，都没法再继续睡下去了。

惊蛰这天，除了有雷声，还有雪子从天空中落下来，风来冰冷刺骨。次日却是出了一点太阳了。西湖边的游人竟然那么多，虽然，风也是很大，人们行走时不得不裹紧外衣。

白堤上的草地却是绿意盎然，柳条上早已萌出了黄绿，那嫩色是早春的眉眼。我在白堤上举目一望，整个堤弥漫着一个浅色的春天。

唐诗说：“微雨众卉新，一雷惊蛰始。田家几日闲，耕种从此起。”惊蛰之雷，除了把冬眠的虫子叫醒，还把农人们叫醒。从今往后，一日日的劳作也再不能停歇。

我从北山路一路行来，清新扑面。在立有“北街梦寻”石碑的水上栈道，有人久久站立，面朝西湖，默默无言伫立不动。我不知道他在想什么。也许，每个人心里都有一座西湖。

每个人心中的西湖，与他自己心灵对话。

北山街现在当然是柏油路面，阳光把树影投照其上，很有味道。北山街各样的花园洋楼很多，曾是名人雅士流连最多的地方，更是值得细品一番。脚下这条路，民国初年是石板土路，1920年改成石砌驳岸，1933年又拓宽道路，改成柏油马路——我对着这一条路也发了好一会儿呆，想着这路上曾走过多少风云人物。

逛了一圈天色尚早，我便乘兴往宝石山上去。从宝石山前路往上走，登数百级台阶，有一家很有味道的书吧，名“纯真年代”。书吧位于山腰上，风雅一时，据说是这座城市文化领域的地标，文人来往，常会于此。我还在竹林边，在陡坡上，看到一只松鼠拖着长长的尾巴，从路的右面悠闲地逛到左边，然后大摇大摆地蹿上树枝，迅速地跑远了。

在纯真年代书吧的二楼，凭窗望湖，风景绝佳。远望去西湖如玉，湖上雾气氤氲，一线嫩绿的白堤如玉带般隐隐横亘在树枝间。手上握一小杯咖啡，在阳光下闲读两页书，真是叫人不忍离去。

在这窗内，莫言提笔写下一副对联："看山揽锦绣，望湖问子潮。"锦绣和子潮，分别是老板娘与老板的名字。关于这对夫妇，是有许多故事好讲的，其间有一见钟情的美丽，有心灵相通的默契，有夫唱妇随的相依，有共渡困境的相助。这故事，恰与这湖光山色有着天作之合。

我在这间书吧里逗留良久，沐浴一身的阳光。保俶塔就在二十米之外。心里想着，以后有时间，一定都要来这里坐坐——我知道，在宝石山上看日出是很多年轻人热衷做的事，但依我的心境，晚上来爬宝石山，并在这里消磨掉几个小时，最是切合我的心思。

惊蛰，是把虫儿惊醒，把人儿也敲醒——让你想一想事；想一想自己是何人，从何处来，要往何处去；然后留出一点儿时间，静待一朵花的悄悄开放。

春分记

在这样一个季节，如果你都抽不出时间到西湖走走的话，你失去的将无法估量。而如果你在这样的天气里又在西湖边待得太久，那么很可能你将无法返回。

它太美了，都不需要人们的惊叹。诸如“春光”“和风”“明媚”这样一些词汇，通过我的键盘栖落在电子屏幕上时，已完全失去了它本来该有的颜色和层次。那些红的桃花、白的梨花以及粉的樱花，已经开成了满树的红、满树的白、满树的粉。那些青草的青，绿叶的绿，那些轻纱薄透的长裙和年轻漂亮的脸蛋，都叫人感到忧伤。

我把音乐挂在耳畔，后来我把它取下来了。今天的行程不需要背景音乐，似乎光用眼来感受就足够慰藉心灵。我骑着自行车从断桥上俯冲而下，速度可以达到三十码，这个数值很不准确，但我已经觉得快乐得像要飞起来了。

骑车的时候我觉得眼前每一幅画面都值得用相机拍下来。当我停下来端起相机的时候又觉得，如果拍下哪一张都会为了没拍下另一些而感到遗憾。骑车的时候我又常常会想起一些零乱的句子，像突然窜出的蝴蝶飞舞。如果不掏出纸和笔马上记下来的话，它们似乎立即会消失不见。但是当我真的停下来想要记住一些什么时，它们就真的不见了。

我喜欢在包里随便塞着一个本子。或许是职业习惯使然，每时每刻预备着要记下一些重要之事，譬如下午某个重要会议的时间（假装很忙），路遇的某个朋友的名字（有可能的话还会多个手机号），一幢老建筑二楼窗户的样式（只是随便画画）。自从干了记者这一行，便似乎对自己的记忆能力越来越不信赖，哪怕只是上超市买三样物品都要记在本子上才会放心。但事实却是这样：只要把事情记在本子上，你就会彻底把它忘掉，直到你重新打开本子读出那些字。这是另一种依赖吧。

我喜欢在窄窄的纯白纸本子上写字，没有格子或线条的拦截，可以由着性子把字写大个或小个一点。但是我又不喜欢太漂亮的本子，订《读库》全年的读者偶尔可以收到编者寄来的极其漂亮的卡片和本子，本子里会印上精致的电影海报或旧书的插画，纸张的手感又好到过分。每次我都下决心把本子拿出来用，想好了要在上面记下一些什么，也想好用另外一本专门到西湖边去写写画画。但是只要一落笔就会觉得很忧伤，因为落笔的字迹完全没有我想象的好看，而且偶得的句子也完全没有想象中水灵的样子（已经是绞尽脑汁了）。勉强写两三行，感觉实在拘束得紧，只好合上本子放弃。于是，这本子就算废了。太漂亮的本子，下场往往如此，真是叫人觉得可惜。

骑自行车是件浪漫的事，尤其是在西湖边——其实不只是西湖边，即使在张艺谋的电影里也是。老式的永久28英寸自行车，我骑了很多年。最初习骑就是用它，经摔耐打而丝毫没有变形，虽然是父亲骑过多年的一辆。后来我上中学，每周骑着自行车走二十多里路，后座是小我两岁的弟弟，以及够吃一星期的大米和装在瓶子里的咸菜霉豆腐。

有一次下着大雨，我穿着父亲厚厚的沉重的雨披（就像电影里常见的长及脚踝的那种，不知道为什么在生活中却是越来越不常见），从一个高高的土岭下坡时，前轮碰到一块石头，车翻了，我和弟弟与车子一起侧翻在地，那时他也躲在我背后巨大的雨披里。那真是一件又厚又扎实的好雨披！我们甚至一点都没有摔疼，反而觉得有点好玩——当然，后面的大米有一点点淋湿。

那个长长的下坡跟白堤上的桥颇有几分相似，当天气晴热骑了一路出了不少闷汗时，一个长下坡是多么让人期待。电影《甜蜜蜜》有黎明骑车带着张曼玉在街上逛的镜头，影响了我青年时代对“爱情”的理解，甚至以为爱情中最浪漫之事莫过于此。多年以后，我在一座小城市生活，跟两个朋友迷上拍DV，就怎样也甩脱不开地在许多个小短片里用到自行车这个道具——让好几对恋人模仿黎明和张曼玉一起骑自行车，而根本不管有的“张曼玉”的身材根本不适宜坐在自行车的后座上。

我还自认是一个并不十分狂热的自行车爱好者。到杭州一年多以后，我花费1500块钱买了一辆山地车。这是我骑过的最贵的自行车了，当然跟真正的爱好者比起来，这车完全连入门级都算不上，这价钱就更不值一提了（听说有一种自行车是挂着某个全球著名汽车厂商的标志，听上去无比豪华，因此价格也十分豪华）。虽然我的自行车显得相当低廉，但我仍然感到满足。因为它比我曾经骑过的任何一辆都要豪华得多（它之前的一辆折叠自行车我花了800块，常常被折叠起来后放在汽车后备厢里）。生活就是这样，跟自己比，人更容易感到幸福。如果你一直跟无法企及的别人比，只会越比越灰心。

有时我就骑着这辆价值1500元的自行车穿过半个杭州城，穿过波澜壮阔的钱塘江，回到我自己的家中去——现在位于城市另一面的小小蜗居，总算一切安顿停当，我搬离了原来租住的玄坛公寓，也告别了一起合租的兄弟们。原先上班只需步行五分钟，现在开车需要二十分钟——这是在路上畅行无阻的理想状态下，如果遇到漫漫的堵车，那就说不清了——骑车有时反而更快捷。从低碳环保的公益角度出发，兼及考虑锻炼身体，我决定每周一天不开车，骑自行车上下班。我骑了四五次，以不算太吃力的节奏，用时四十五至五十分钟。

过江是整个行程中最累的一段，因为要爬长长的几乎让人一望而腿软的坡。那座跨江大桥似乎只为开车者设计，对骑车及步行者考虑甚少。但反过来说，偶尔出现的上坡和下坡，使得整个旅途不至于太过平淡，乏善可陈。有了上坡的吃力才有了下坡的爽快。你骑得快也好，不快也好，路就在那里，不远，不近。有时上坡，我为了保持一定的速度而奋力蹬骑，这使得我耗费掉了过多的力气。到了下坡，我大可以架着脚让车轮悠悠地滑行一段路，以舒缓我的呼吸节奏，并让乏力的腿脚重新充满力量。有时，我也想偷懒，在上坡时把档位调低，使得我每蹬踩一圈都显得很是轻松，消耗的力量也会减少；但是后果是，每蹬踩一圈，自行车行走的距离却很短，我必须蹬下更多的圈数、耗费更多的时间，才能走完同样长度的上坡。

这使我想到，上帝是公平的，你在十八岁之前耗费更多的力气用来学习，二十八岁之后的日子很可能就会轻松一些。有一些难题你始终畏惧而不去克服，它就会一直在那里，打扰你更长时间。有一些人，你现在不去说“我爱你”，以后也会很难说出口（可是，这与骑车有关系么，呵呵）。

春分。白堤上桃红柳绿，西湖迎来一年中最美好的时光。

清少纳言在《枕草子》中说：“凡是细小的都可爱。”那么这一个节气里，可爱之物，真是很多。柳叶是新萌出来的，草叶是刚刚长出的，桃花和樱花都很细小；花朵初绽，另外还有很多夹杂在草丛间、不细看都分辨不出来的小花，简直跟米粒一般大小。

平湖秋月临湖的樱花，这两天开得正好，极美。可是一想到樱花，就总觉得是东瀛之物，樱花作为日本的国花实在是太出名了。樱花花期很短，通常不到一个星期，就会在最繁华灿烂的时刻凋谢，谓之“樱花精神”。所以一年到头，我也只是在春分时节，见着西湖边的樱花开得这么美妙。

在小学教科书里，第一次知道樱花是鲁迅大先生的指引，他在《藤野先生》中写道："上野的樱花烂漫的时节，望去却也像绯红的轻云……"这样一个横眉冷对千夫指的斗士，面对樱花也能写出如此柔美之句，不由叫人赞叹。平湖秋月这里，在与梅鹤茶室之间沿湖的地方，好几株樱花，或是粉白，或是粉红，临水照花，是缤纷繁复的美。它们或可称作杭州的"樱花王"了，据说是西湖边最大的。树粗，枝多，花盛，一眼看过去，樱花连成一片，极为浪漫。

孤山北面大草坪这里，也是有十来株纯白的樱花，远望有如飘来的云。樱花开得如此之好，借清少纳言的语气来说，"真是感人"。

"把开得很好的樱花，长长地折一枝下来，插在大花瓶里，那是很有意思的。穿了樱花直衣和出袿的人，或是来客，或是中宫的弟兄们，坐在花瓶近旁，说着话实在是有兴趣的事。在那周围，有什么小鸟和蝴蝶之类样子很好看地在那里飞翔，也很有意思。"

在这一天，我这样一路行来，快乐不已，几乎要"忘了为什么而出发"，也真是很有意思。

清明记

清明是一个用来回忆的节气。

不管你走得多远，总在这一天，回想起童年与故乡。

我在很小的时候，从不敢离开我们那个河边的小村庄，而且更大的可能是，我连那个小村庄也并未真正地走遍。

那里有许多人我不认识，有许多草我叫不出名，有许多狗我不知是谁家的，有一些小孩，我们没在一起玩过泥沙。总而言之，这个小小的村庄里还有许多我不曾熟悉的事物。

有一天，村里来了一个照相师傅。这个青年人与我的爸爸相熟，他来到我们家，肩上背着一架很神秘的机器。这个人让我站在门前的空地上，让我对着他那架黑东西笑。小我两岁的弟弟站在一边，他已经迫不及待了——那时候一有什么新奇的玩意儿我们总是要一起分享，谁也别想占到一点便宜。而我对着那个黑匣子却开始发呆，他们说这东西能把一个人的影子留在里面，但我无法断定我的身上是不是会因此少去些什么，或者，干脆我会不会从此就被关进那东西里头。这些念头总是让我担着心。但我听到身边围着许多的人，我的爸爸妈妈，我的邻居，大伯，二婶，狗儿他爷，黑狗，他们都用羡慕的眼神望着我，叫我笑呀，快笑呀，我只好笑了。这张相片上我的嘴很扁（我笑起来的时候嘴一贯很扁），嘴里还少了一颗牙，看上去就像一堵漏风的墙。在我的身后，一棵快要结果的枇杷树树影婆娑。当然，其实我刚看到那张相片的时候我死活不认识相片上的人，因为在那之前在我们那个小小村庄我未同这个人一起玩过，连面也未见过。这很有趣，一个人在许多时候会不认识自己，看着镜子中的影子觉得陌生——而这一张相片，使我第一次发现了自己的样子，并开始认识自己。

在我照过相以后，我周围的人群一个一个排着队照了相。他们都笑得很开心，许多姑娘还穿上了最漂亮的过年时才穿的新衣衫。

然后，这个神秘的青年人让我带着他到附近的村庄里去，他也要给那些人照相。我有点害怕，不是怕这个青年人，而是怕迷路，因为我从来没有到附近的村庄去过。而这个青年人说不怕的，他认识路。他的话当然很值得我怀疑，我在这个村庄长了这么大了，我都不认识，他会认识？他说他会记得走回来的路。我正是担心走到离家很远很远的地方，忽然不记得走回来的路。

但我还是出发了，像一个真正的有勇气的小向导。我们沿着那条河岸一直往下，穿过一些田野，一些山林，一些房舍，过了一些桥，一些沟。所到之处，人们蜂拥而来，脸上挂着新鲜的笑容，这就使得我带来的这个年轻的照相师忙得不亦乐乎。

天终于黑了。人群也终于散去。照相师的底片也用光了。我们开始回家。一路上我开始发现，一条路，你来的时候和去的时候，风景常常是不大一样的。但我仍旧记得脚下的路，哪里有一个沟，哪里要过一座桥。但就是在一座木桥边，我与照相师发生了争执——我说要过桥的，他却坚持说不。这时候，即使我踮起脚尖，也望不见我家屋顶上袅袅而上的炊烟。前面的路有许多条，每一条似乎都通向不可知的远方。我慌起来，为当初答应这个人出来而后悔。我终于哭起来，为着年幼的心灵第一次承担不起的迷惘。

事实证明我是对的，家是在桥的那一边，而那个照相师，却是故意与我玩笑的。不知他知不知道，对于一个孩子，世界上还有什么比“家”在他的心中占有更重的地位呢？

我在岁月中渐渐大起来。我也开始知道，照相并不会让人少去一些什么；离开村庄的路，在想回来时一样可以找到；村庄之外还有村庄，而有家的那个在我的身后——我八岁时在另一个村庄上的小学，十三岁时到了四十里外的集镇上初中，十六岁时上了中专，那时候我离生我养我的村庄六百里——我们行走的一生，是离村庄越来越远的过程。

这是我对于故乡第一次最翔实的记忆。故乡就是，照相机里的印记。

二十年以后，我一次又一次踏上那段记忆中无比熟悉的小路，胸前挂着一架照相机。

人们通过相机来传递自己眼中的世界，“记忆和自我认知”也因而成为影像最重要的主题之一。我看到很多摄影师拍摄过自己故乡的影像，影调上抹着一层乡愁的颜色。

“Places Like Home”，是女摄影师Nicole Lloyd的拍摄项目。在这个项目中，Lloyd使用一台6×7旁轴相机，在她成长的宾夕法尼亚州边走边拍，“记录家乡的肖像，寻找记忆的痕迹”。

在我办公桌的电脑屏幕边，就贴着一组这样的照片。过去的老房子，安静的乡间道路，以及村子旁边的树林，树林里铺满落叶的角落。静美，细腻，似有着摄影师童年记忆的影子。

我也在某一天重新开始拍摄我的故乡。其实可以选择任何一个日子，重新走上那条密布茅草的小路。事隔二十年，一条新路能够被足迹磨出，一条旧路也能被时光所掩蔽。当年我日日走着它上学去的矮岗上的小路，如今已经废弃了，我小心地腾跃，避过蔓延的荆棘，绕开逢人就粘的“狗屎粘”，分开枯黄的刀茅草，重新站在曾经站过的位置打量远处自己的村庄——半蹲下身，用一个八岁孩童那种身高的目光。

我的兜里还揣着Nicole Lloyd的照片。它们引起我的共鸣，并且勾起了我对于自己家乡的深沉的回想。从这些照片里，我似乎找到了自己的记忆，并且创造出一种与过去重新连接的机会。

当我重新走在穿过田野的小路上时，我放慢了脚步，试图回味当年的心情。这很困难。路边上的树长大了许多，河流有了小小的改道，曾经满片的沙滩现在围拢了一小片滩涂湿地，那片杨树林也是从前的我未曾发现过的。在河中嬉游的鹅看见我，立刻伸长了脖子扑腾翅膀追过来，嘎嘎叫的硬嘴要咬人的样子，于是我一边没命地跑一边吓得面如土色——这是童年的我，为此我宁愿绕远从另外一条小路上坡；这天我又看见三只鹅，我站在岸上一动不动，三只鹅却害怕地看看我，然后一边离我远去一边还回头看我。

我的小学校是在另一个村庄的一小片山坡上，几间平瓦房，操场中间有两棵年岁古老的大松树，有一个老奶奶负责给所有带了饭来的孩子蒸饭，我们总共有两三个老师。老师骑自行车来学校上课，自行车上或许还夹一把锄头，下了课他得去地里除草或到田里灌溉。在距离学校越来越近的时候，我心里开始忐忑起来，我不知道怕什么——是怕学校周围的人认出我，还是怕学校里会有老师在？其实这两项都不可能，学校周围的村民哪会猜得到一个孩子在二十年后会长成啥样子呢，而且谁会记得二十年前一个孩子的模样；那学校也早就废弃了，老师也不是那几个。没人会记得你了！我这样对自己说。

我用一只50毫米的定焦镜头拍下一路上有所感触的画面。这些不仅仅是一些风光照——对我自己来说，它们的意义当不止于此——我试图传达出一种具有普遍意义的情感。虽然我知道，我做得不够好，这一目标也还远未达成。

在那座长长的板桥边，我忽然记起了童年。一个年轻的照相师领着我过了桥，当天黑了人群也散去的时候，我们在这座桥边发生了争执——我说要过桥的，他却坚持说不。这时候，即使我踮起脚尖，也望不见我家屋顶上袅袅而上的炊烟。

前面的路有许多条，每一条似乎都通向不可知的远方。我慌起来，为当初答应这个人出来而后悔。我终于哭起来，为着年幼的心灵第一次承担不起的迷惘。

我举起相机，拍摄了这座桥。我看到一个孩子笑着从桥的这一头跑到了桥的那一头，他的身后跟着一只棕黄毛色的狗。

当我对着相机的屏幕调看刚刚拍下的照片时，却发现——那个孩子到哪里去了呢？还有那条狗怎么眨眼间也消失不见了？

清明这一天，我在故乡与西湖之间。

清明扫墓，是中华民族崇本尊亲、“慎终追远”之孝道的具体表现，已成了相沿悠久的习俗。

清明前，母亲与别的村妇一起，手挎竹篮，去四处田野采青艾嫩苗，回来制作“艾粢”。我曾在一篇文章里详细地记述其制作过程——

“油菜花开得汪洋肆意的清明时节，在乡下土路上走，暖风里都会有艾叶的清香。这时节，家家要做艾果来吃。将新鲜的野艾从田野里采来，用石灰水浸泡，下锅里煮，这需多长时间，我忘记问清母亲了；洗净后，和粳米一起捣烂磨浆；浆又下锅里慢火煮，水分挥发，越煮越稠，颜色也越煮越好看，变成纯粹的青；渐渐地，锅里就成了艾团；要不停翻动、捣开、搅匀，为防粘锅，在翻动的同时用一块猪皮在热锅上擦出油来……

“上次回家，正好见母亲和堂姐在做着这些工作。我饶有兴趣，用相机拍了不少照片。艾团熟透了时，起锅，便用它直接包了馅儿来吃。包成饺子状也有，用印花的木模子压成圆饼状也有。颜色是鲜绿的。包在艾果里的菜馅，多是用新出的雷笋、肉丁、雪菜、冬菜等炒熟了，包好时热乎乎的直接可食，辣得很，我是吃得头上直冒汗。”

新鲜的艾叶，有一种特异的清香。煮熟了吃，也有一种家乡和田野的味道。

燕子来时新社，梨花落后清明。池上碧苔三四点，叶底黄鹂一两声，日长飞絮轻。

巧笑东邻女伴，采桑径里逢迎。疑怪昨宵春梦好，元是今朝斗草赢，笑从双脸生。

梨花纷纷坠落，便是清明了。

桑葚也是这时节红了吗？我记得那时和一帮孩子整日穿行于

广阔的桑田枝叶间，有时钻进，有时钻出，肚子吃得饱饱，看见彼此的嘴唇也都被桑葚的汁水涂得紫红。那是我的童年。

> 梨花淡白柳深青，柳絮飞时花满城。惆怅东栏一株雪，人生看得几清明。

4月5日，故乡的墙角村头几树梨花开得雪白。我牵着女儿的小手在田野间四处闲荡；傍晚回到西湖边，见到一溪杨柳一溪烟的情景，不禁心醉神驰。

谷雨记

在春天，蚯蚓要把整片草地深耕，翻出的泥土像珊瑚一样堆积，一串串高出草叶。它们的劳动使得我几乎无处可坐。蚯蚓似乎是在彰告众人，土地是只属于它们的乐园。它们吃的是泥土，拉出的还是泥土。

如果你没有在乡下生活的经历，你对蚯蚓一定不会有好感，甚至它们相当令人不快。它们蠕动的身姿会让人起鸡皮疙瘩，遍布周身的黏糊糊的东西会在爬过的地上留下印记，而且它们会散发一种难闻的土腥味。

童年时我常与蚯蚓打交道。它们是鸭子的美食。我挥锄挖开肥沃的土地，敲碎整块的土圪垯，从中寻觅蚯蚓，若是挖出一条又粗又壮、活蹦乱跳的青色蚯蚓，我会很高兴。随便折两根树枝就可以当筷子夹起蚯蚓。强壮的蚯蚓在筷子的那一头奋力扭动，传达着一种顽强的力量。可是为时已晚，无论如何它都改变不了作为我的收成的命运了。还有一种蚯蚓是我最不待见的，就是懒惰蚯蚓。被突然挖开重见天日时，它们还蜷缩一团无动于衷，似乎对于这世界的任何改变都漠不关心。我连动筷子的兴趣都没有。

把整罐蚯蚓哗啦一下倒给鸭子们争食很有趣。我完全无从想象鸭子们在享用这些美食时的快乐心情，但显然它们欢快极了。有时一口就吞下两三条，有时两只鸭子各扯着一条的两端，拉拉扯扯，似乎很来劲。

坐在草地上时——就算你屁股底下垫着报纸或野餐布好了——你可以想象一下蚯蚓们在距你屁股几厘米的地下穿行的情景。人虫同乐，相安无事，这个春天真是十分和谐。

谷雨的天气一定是蚯蚓们喜欢的。微雨润湿了土地，这让它们的春耕更加顺利，达到事半功倍的效果。草叶更是一片生机，欣欣向荣。

蚯蚓会唱歌吗？这样的问题会有点奇怪，似乎没有人听过——既然我都没听到过，你也肯定没听过。但似乎村里的老人曾经吐露过一句这样的传言（“蚯蚓会在晚上唱歌”），只是老人们的话很多时候总是与传说混淆在一起，你无法分辨出他讲的是故事还是真事（他们会把故事中的情节当成现实世界里发生过的事，并且深信不疑）。

法布尔在《昆虫记》里似乎没有提到蚯蚓会不会唱歌。李时珍在《本草纲目》中倒是曾经说到蚯蚓：“季夏始出，仲冬蛰结，雨则先出，晴则夜鸣……”去问搜索引擎自然成为这个时代最便捷的求知渠道。不过这肯定不是做学问的良好渠道，因为答案五花八门真假难辨，唯一值得一提的是，有些答案会非常“有趣”。比如这一条（真的有人问“蚯蚓会不会唱歌”），就有不少人提供答案：

——会，母蚯蚓能听见。

——蚯蚓能唱歌的话聋子就能听见。

——会的，只不过我们听不到而已。

——那你听过蚯蚓放屁么？

——所有自然界的生灵都会用它自己的方式唱歌，只是我们耳聋目盲，无暇去听、无暇去看而已。

——我听过，可是没听懂它们在唱什么。

——它们唱的应该是维瓦尔第的《四季》……

诸如此类。

当然，还有一种说法看起来更靠谱一点："蚯蚓是动物进化链上级别很低的蠕虫类，它们的婚恋和繁育后代却别有一番情趣。蚯蚓发情时是通过唱情歌来吸引异性的，但大多数只能发出次声波，人听不见……有些蚯蚓唱情歌时人类能听到，如生活在树木背阴苔藓里的四川金佛山蚯蚓、生活在落地竹叶里的峨眉山嗜竹环毛蚯蚓。它们的情歌如蟋蟀夜鸣，悠扬顿挫，农民谓之'曲蟮叫'。"

西湖边的桃花开得真艳。

在蒙蒙的烟雨中，芳菲的桃花立于水边，一树一树，温柔而明丽。

我从断桥进入白堤，一路游荡过去，觉得心情大好。这是清淡的日子，眼前是清淡的春之风景——如一幅水墨画，舟子从远处淡淡的山影里划破雾气而来，呼应着近处鲜嫩的柳条、盛开的桃花，一切显得生动极了。

这几天虽然雨潮，家里地面和墙壁冒水，只要走出家门，就会觉得空气中浮荡着一层湿雾，应该是大地吸收的热量这会儿正在缓缓释放出来。在这样的湿雾中，如果人浮在空中观望，就会觉得人间有如仙境，而所有的希望都在悄悄破茧萌生。

挥一挥衣袖，将薄雾轻纱撩开，你会发现绿正席卷整个春天。与此同时，一夜之间，所有的花都开了。

一棵桃树，迎来了它最美的辰光。我曾许多次在照片上见过它——在电脑屏幕，在幻灯投影，在油墨印刷的报纸上。那是一棵被世界多地许多人注目的桃树。

其实它不过是西湖边一棵普普通通的桃树。在它的左边和右边，和它一样的桃树还有很多很多，到了春天，会开一样粉红粉红的花。

有一个摄影师，没事就会来湖边转一转。他看起来沉默寡言，有时就在湖边坐半天，也不知道他在想什么；有时就端起相机，随便地那么咔嚓几下。然后，就走了。

也不知道是从什么时候开始，他对湖边的这一棵普通的桃树起了兴趣。他总是站在同一个地方，用同一只镜头，对着桃树咔嚓一下。春天下雨了，湖边就成了一幅朦胧的水墨画，桃树安静地站着，树枝上渐渐地冒出了绿意；夏天到了，桃树枝头绿意葱郁了，而湖里的荷花也冒出尖尖小角；秋天了，秋高气爽，落叶飘落水面上，会有小鱼儿藏躲在下面；冬天落雪，湖面银装素裹，满眼就像留白很多的国画；而桃树，还是很安静地站着——站着。

当然，这棵桃树一点儿也不寂寞。因为一年到头，在它的身下，人来人往。有晨起的老人锻炼，脱光了膀子展示健硕的肌肉；有刚下火车的姑娘，来这个城市寻梦，就趴在行李箱上打个盹；有一对一对的情侣在树下喁喁私语，也有年迈的老夫妻安静地看风景。

在这个年轻的摄影师眼里，这棵树，很有点趣味呢——一天又一天，树的脚步没有动，但它在生长和变化；树下的光影在动，树下的故事也在动。是呀，给一棵树照相，也是很有意思的事。

也不知道过了多久，摄影师惊讶地发现，他已经为这棵树拍了几千张相片了。他把这些照片一张张地排在桌子上，就发现这些相片简直就是一棵树的人生。再后来，可能你已经知道了——摄影师选了其中几张最有意思的照片参加比赛，一举获得了世界最顶尖新闻摄影比赛的大奖。这样的结果，让很多人感到意外，但是也让很多人觉得钦佩：你想吧，哪怕是仅仅面对一棵树，那也是人生的无限风景。一棵树，对一个有心的摄影师来说，也能拍出一部精彩绝伦的长篇小说呢！

西湖边的这棵树，就这样出名了，很多人慕名来到这棵树下，若有所思地看半天，然后又若有所悟地慢慢走开……

这个摄影师是我熟悉的人——他是我的老乡，没有上过大学，甚至许多年前，他还只是一名货车司机，开着笨重的大货车在崇山峻岭之间艰难地前行。可是即便那样辛苦，一有空闲，他就会去拍照片。他多爱拍照片呀！后来，他就漂到西湖边了……

西湖边的一棵树获得大奖之时，我正好来到西湖没有几天。记得彼时，我离家别女，心绪动荡，正是最难耐的时候。就悄悄地骑了一辆自行车，按照片上的样子，去寻找西湖边的那棵树。

我在树下坐了半天。

如果一棵桃树记得所有的时光，它一定会把所有刚到这个城市的人划归到一组。这组人脸上都写着同一种情绪：迷茫。或者也有人脸上流露着莫名的亢奋。总之他是不是刚到这座城市，桃树一脸就能看出来。

可是桃树不动声色。它用自己的经验告诉你，生活应该是这样的：该开花的时候开花，该结果的时候结果，就算果子无法供人食用（这是一种仅供观花的品种，果子又小又青涩，似乎永远长不大），它也照结不误。

一年之前，谷雨，我在五米之外站着，久久地望着这棵桃树。西湖真的挺好呢。我对自己说，哪怕是做湖边的一棵树，也好。

一年之后，又是谷雨，我还在五米之外站着，久久地望着这棵桃树。西湖真的挺好呢。我对自己说，哪怕是做湖边的一棵树，也好。

立夏记

“我们的生命被琐碎消耗至尽。”（亨利·戴维·梭罗《瓦尔登湖》）

何谓琐碎?

你觉得有意义，再无聊之事便都不琐碎。你觉得无意义，再伟大之事也不值一提，琐碎至极。

当梭罗在瓦尔登湖畔漫无目的地迈出一个又一个细碎的步子时，当他在午夜时分的湖面上，在月光下泛舟垂钓时，当他“转眼间黎明已经变成了黄昏，我还没有完成一件有意义的工作”时，他的生命在另一些人看来，似乎更是琐碎无比，虚度光阴。

但生活的悖论正在于——“不为无益之事，何以遣有涯之生”。

这是我进入杭州度过的第二个春天。直至今日，我已把它完美地消耗掉了。比起上一年度的春天，在消耗光阴这件事情上我有了更多的经验，也找到了更多样化的方式。比如头一个春天，我像一棵头上顶着石块的笋一样生长得匆忙而慌乱。我奋力地顶啊顶，终于把头上的石头顶翻，虽然自己也不免有点皱皱巴巴，但总算证明了种子的力量是巨大的。而在这一个春天，我忽然发现自己头上没有了石块的重压。一阵细雨过后，我直接就舒展在了春天的泥地里。

我愉快地横穿过这个春天。

现在，立夏，摆在我的面前。夏天紧接着开始了。我完全无所畏惧，并且欢欣鼓舞地迎接它的到来。在我的内心，许许多多的事情正排着队，等待我有条不紊地去执行。我随便拿出几样事情，就把日子的桌面摆满，而且看起来这日子也毫不琐碎，所以显然，我不怕自己的生命被这样消耗。

第一件重要之事便是湖滨漫步。自从我想出了这样一种消磨时间的方式，日子似乎就有趣多了。有时我骑自行车去；有时开车到某个角落把车停妥，再换骑自行车；有时我坐公交车，下了车之后只是依靠脚步行走——悠悠然地沿着我走了无数遍的那条小道一直往前。远方自然没有什么在诱惑我，近处也没有什么可以掩护我。西湖敞开了她所有的美好。我沿着湖边一路行走，或许这样一条我事先划定的行走路径在旁人看来，完全不具有能反映西湖之美好的典型性与代表性，普普通通，平平常常；而且这样的行走，或许只是一种形式大于内容的程式，甚至浮皮潦草浮光掠影。我不得不承认，确实如此。但对于我来说，这样的每一次行走都无异于一场远程的旅行——我将自己的身体放逐，并且体会到一种旅行带来的快活，此外更重要的是，只要你的心奔跑得够远，旅行的马车便能抵达得多远。

在立夏这一天，我除去了厚厚的冬装，只穿一件衬衣就出门了。天很热。似乎热量正是应了立夏这个节气的召唤而来。马路上的行人开始躲避阳光。美眉们穿上短袖衣服和超短裙。年轻人手上出现冰饮料。风吹柳摇，美好的初夏正式到来。此刻，我感动并愉快地，像对待每一个别的节气那样，用我的双腿欢迎它。

有时我会走上一条以前从未走过的小路。而让人意外的是，又总是会发现那条小路美妙至极。人迹少至，风光秀丽。一株草，几丛花，若干棵散落的树，都生长得恰到好处。甚至斜逸旁出的枝条，突然从栈道边树窝里窜出的野鸭扑喇喇地跳到水中，远处撑船的艄公隔着很远的距离跟另一艘船上的人打招呼，那声音清晰而宁静地传出很远……这一切都出现得恰到好处。真是叫人莫名感动。

这样的秘境和小路有几个地方也就够了。置身其中时总想着下一次还要再来。但往往又会隔了很久才去。置身其中时又总想着下一次一定要带谁一起来。在另一个不同的天气又可以带谁一起来。可以坐在水边说话，或者隔着一米的距离坐着，不必对视，也不必拥抱接吻。当然如果正好有几片落叶飘下，或者荷花正好悄悄地开了，两个人都觉得不拥抱接吻一下不足以感激这一切，那么，拥抱接吻一下也是无妨，虽然你们只是很正常的好朋友啊。但往往，隔了好久好久，当你自己去了好多次这个秘境和这条小路，都没有带着谁，或是与另一个谁一起走过。世上的事情往往是这样，原因很多，但总归是不凑巧吧。有些事情总是只在想象中发生。

第二件重要之事是游泳。是的，到了杭州之后我才学会了游泳。我已经爱上了这项活动。但最好的游泳之水遗留在我童年的家乡，那时，绕村庄而过的溪水清澈无比，水下鹅卵石铺陈，历历可数，二指来宽的“红丝棍”“青条子”“花石斑”在石隙间穿行。百年老柳树的树兜下深潭里，墨蓝的水泛着琥珀的光泽，孩子们一个接一个从高高的树枝上跳下扎猛子。他们跳水的姿势奇怪无比，并且溅起巨大无比的水花——跟电视上跳水比赛的规则正好相反，溅起水花最多的孩子才能得到其他人的崇拜。

可惜的是，那时我还不会游泳。不仅不会游泳，甚至连把整个脑袋浸入水中都无法接受，天生恐惧。那时，附近村庄的孩子每年夏天都会有人在河中溺亡，大人们传说河中有水鬼，总会出其不意地出来拉人，那东西穿着红肚兜，样子像个小孩儿，有时会爬到水边的石头上晒太阳，那种懒洋洋的样子可爱极了。但它一入水中就邪恶无比，力量巨大，多大的人只要被它拖住脚踝就休想逃出；但它也有致命弱点，便是一旦离水就力气尽失，大人们似乎说过一个指头都可以把它揿灭。总是有运气很好的大人极其偶然地路过某一个深潭时看到过水鬼——听起来让人又惊又怕；那时儿童溺亡的事总是在宿命般地发生，以至于算命先生但凡给年幼的孩子算命，都会掐着手指若有所思地说上一句：“这孩子十二岁之前千万要小心水，否则……”有时是十六岁——总之这都是命中排定的事情。所以不管怎样，我从小便被要求放弃了与其他孩子一起下水嬉戏的权利——至于其他孩子为什么没被要求放弃这种权利，大约是算命先生说他们命中缺水吧。也未可知。

二十多年后，当我已经成为一个中年男子时来到杭州，发现所供职的写字楼里第五层就有一座游泳馆，用我们在食堂就餐的饭卡就可以“嘀”一下消费时，我好奇心顿起。在三十岁时再学一门技术应该会是不错的感觉。“技多不压身”的老话我是知道的，但我并未想过要成为一名游泳教练，以便于在下岗再就业时多一条谋生之路。学游泳完全只是因为，我需要一种锻炼的方式——当肚子随年龄一起逐年增长时，你真的需要一种方式去维持年轻的感觉，而纵身入水的那一刻，你会恍惚到忘记年龄。

我站在水里，迷茫又惊恐地看着教练。“看着我干吗，我脸上又没有花，” 教练说，“把头埋到水里去。”

“整个？”我问。

“当然是整个！”教练很无语。

我对水的恐惧实在是根深蒂固。不仅不敢把头埋下去，而且担心“水灌进耳朵孔怎么办”，以及“如果不用手捏着鼻孔水会不会呛到我”这一类的问题。教练按着我的后脑勺把我的头按到了水中，我立即被呛了一口水。

第二课是让我手扶着游泳池边，双腿匀速地收腿、张开、蹬水、夹水。所有的人都朝我看。还有一些小孩子，身高没有我的一半高，从跳台上“扑通”一声就跃进水中游远了。我假装看不见。

那个过程很艰难。我敢保证，买一个质量过硬的泳帽和一副硕大的泳镜很有必要。因为这两样都戴好的话，就算相当熟识的朋友也无法一下子认出你。至于你只着泳裤的身材，我想也没有多少人能认出来。

这样你就可以安心地从头开始学习怎么收腿、张开、蹬水、夹水了。

有一次我跟一个朋友一起去西湖边。那是一个晚上，那个朋友也是刚刚来到杭州，就像一年半以前的我一样——浑身充满不可名状的激情，对这个世界跃跃欲试（在遭受任何无情打击之前）。

我们在白堤上走，遥远的对岸是杭州的繁华灯火，白堤上很安静。激情朋友说，他一直有一个心愿，就是希望到杭州以后——某一个晚上，从西湖的这一头跳下去，游到西湖的那一头上岸。

我张开嘴，愣半晌。多么疯狂的计划！可是激情朋友说得很郑重，我相信他是认真的。我本来想说，西湖是不准让人游泳的。但是我始终无法相信这一件事会成为现实，所以那句话也没有说出口。

几个月以后我碰到他，问他，去游过西湖了吗？

他答，还没有。但是一定会去的！他郑重地点点头。

嗯。我觉得有梦想真好。至少说明你还很年轻。

立夏这一天，当我走在西湖边望着风波四起的西湖，又想起了游泳这件事。在这个夏天，我又有好多的事可做，包括游泳——从戴着硕大的泳镜和花哨的泳帽趴在池沿练习蹬水开始，我执着而顽强地坚持下来，并成功地学会了蛙泳。当时跟我一同投入学习的家伙已经放弃了，我想他一定是心理素质太差，无法承受只有一半身高的孩子从高高的跳台上一跃而下式的取笑。

现在我的泳技不错，至少可以在三十米的泳池中不停地游上十趟。甚至有一次我在池中奋力游泳，已经忘记了多少趟，而只是咬着牙说坚持一下、再坚持一下——当我终于停下来时，一个老者对我比了一个大拇指："你游得很棒。耐力也非常好。"我开心极了。这是到了杭州一年半以来我重大的收获之一。人生总是需要新鲜的改变，不是么？

西湖有风。

这时候如果出现一个白衣胜雪的女子一定很好（白娘子是不是一定要穿白色的衣服）。风会吹起她的长发，扬起她的裙裾。风会捎来她的香。

我在湖边看到一个女子的背影。她戴着一顶白底蓝花的宽檐太阳帽，望着略起波澜的湖面和小船出神。由于风大，她不得不时常用手抓住帽檐，以防风把她的帽子吹到水里去——她的背影很好看。

我在等她转过头来。但是她一直没有转过头来。

后来我就走了。

白堤上放风筝的人总是很多。各种各样的大风筝和小风筝，都在风里呼啦啦地飞。有位老人常在人群之前放着一种金鱼风筝，估计还不到我的手掌大——纤纤弱弱地在风里摇摆，线的长度也只有两三米。总之看了就让人想要发笑，这算是什么呢，那么大的人了，还玩那么小的风筝！

小满记

生活在城市里有时真的很奇怪。比如有一位朋友，我们在同一幢大楼里上班，只不过中间隔了两个楼层。算算直线距离，也不过十几米——可是我们却从来都碰不到！要不是特地打电话联络，约了时间见面，真的大概要半年才能碰到一回吧。还有的朋友，住在这城市的另一个角落，如果没有特别的需要，就更难碰到一起。

这时就会念起小地方的好处来——有时候逛着逛着就到朋友的门前了；或者进一个超市买大米，对方也在买大米；或者逛公园上洗手间，推门进去，他也在那里。人生何处不相逢，说的就是这个情况吧。

可是在大城市，就算约好了时间一起吃晚饭，早到的人跟晚到的人之间也会隔着两三个小时。“没办法，路上太堵了。”晚到的人常这样念叨一句。但是我们心照不宣，不只是路上堵，就算不堵，遥远的地方赶过来也不是一时半刻就能到达的；彼此都忙，能来已经是很让人高兴了……

所以你别看城市里的人很多，把街道、商场、饭店、厕所挤得满满当当，但其实城市里的人都很孤独。他们习惯了自己跟自己玩。或者跟机器玩。或者养一只狗或者几条鱼，天天对着它们说上一大通话，直到它们成为自己生命中无法或缺的至爱和知音。

我原来租在玄坛公寓，住在同一套房子里的几个人竟然也很少能碰面。个子不高但人很聪明的小谭，瘦瘦高高戴一副眼镜的小陈，还有在银行上班也喜欢摄影所以跟我比较有共同语言的小王，每次我都想不起他的名字必须翻出租房协议上的签名才能想起的小俞——我们虽然住在同一扇大门里，共用一个卫生间、一个客厅和一个厨房，可令人惊讶的是也很难得见到彼此。深夜之中我在上网写作，听到大门“哐”一声打开又“哐”一声关上，知道又有一个人回来了，但我不知道他是谁；清晨我还迷迷糊糊地赖在床上，听到大门“哐”一声打开又“哐”一声关上，知道又有一个人去上班了，我也不知道他是谁。

有时我们会打开门，倚靠在各自的房间门口聊上两句，热门话题一般是“房价”或“跳槽”，前者是每个尚租住在这里的人都关心的，后者是他们每个人都关心的，而我已经在过去的十多年时间里完成了四次跳槽，窝在目前这个坑里再也不想动弹了。聊完了几句，大家各自回房间上网，通过发达的网络跟千里之外或万里之外相识或不相识的人聊天，甚至和盘托出自己生命中一切不为人所知的秘密。

我对我的邻居们知之甚少，直到小陈考上了公务员离开这座城市（离开之前还请我们吃了一顿饭，当时大家说了很多真诚的话语），他的房间就此空了出来。与此同时，二房东小俞又把合租信息及时地发布在口碑网上。这是一个寻找合租很方便的通道，当初我也是这样住进来的——没几天就有人住进了小陈的房间，新住客是做化妆品销售的小唐姑娘。小唐姑娘跟我们这些单身汉的作风完全不同，刚来就把整个洗手间抹得干干净净，因此原来灰色的洗手间也显得明亮许多。小唐姑娘还顺便在墙壁上贴了一张打印出来的“告示”：“请保持洁净。每一个人的付出会让别人感受到与你同样的快乐。”我想她的职务一定是主管，后来了解到——果然是。

又过了不久，小唐姑娘的一位同事也搬来和她一起住了，两个姑娘常常在厨房和客厅里弄出唧唧咯咯的笑声，洗手间的房门也因她们的入住关的时间更久了一些。清晨上班高峰时，小王小谭小俞有时会端着脸盆靠在门口一边苦笑一边聊上几句，顺便等待着姑娘们打开门，梳妆一新花枝招展地从洗手间里走出来。

不多久我就从玄坛公寓搬走了。直到这时我才想起我对原先共住一屋的邻居们了解真的不多——彼此都是短暂的过客，在这城市里似乎很多人都跟我们的情形差不多——其实，大家都很孤独。

当我在西湖边行走的时候，这种孤独感却消失了：这一刻身体是属于你自己的，你清楚地知道自己置身于何时何处。你敞开自己，通透接收所有美好的事物。

小满时节的湖面出现了新鲜的面孔，无数小小的荷叶从水里冒出来，卷着裙边，像小碟子贴浮在水面上。微风拂动时，水珠在上面滚来滚去。季节就跟好多事情一样，只有当它远离之后，你才能看出许多美来。而当你身处其中时，对美是很容易视而不见的。就如这些荷花，从去年冬天满池败叶残梗收场，其间隔着不少的时光，隔着一些期待，隔着些许陌生。当春天再度铺展在森林和草地上时，这些小小的荷叶悄悄出现在寂寞了很久的湖面，给每一个刚刚看见它的人以惊喜。西湖的时光，好处就在这里了，风光四时不同，但每一个季节都让人说不出的喜欢。

我发现照片也是如此。经常地，当我对着熟悉的人和场景按下快门，那每一张照片都平常得不能再平常：风景是平常的，笑容是平常的，天气是平常的，构图是平常的，总之这张照片平常得让人无话可说，要删了它也是动动手指的事，我绝不会眨一下眼睛。但是，如果正好没删的话——过了十年二十年，那就更不必说了；仅仅是过了一年两年，我都觉得奇妙——你竟然能从这样平常的照片里读出很多别的东西来，令人感叹时光的奇妙：有的人瘦了，有的人胖了；有的人远走高飞，有的人默默相爱；有的人笑容更灿烂，有的人，竟然做了别人的二奶；有的树长高了，有的树枯死了；有的场景已被强制拆迁，有的地方竖起了新的高楼；有的地方，当然，更加让人感到奇怪的是，竟然一直没变，还跟当时照片上的一模一样！

你看，一张照片就像一个线头，可以把一件毛衣牵拉出一本书那么厚的世事变迁。你在冬天，看到照片上的夏天；或在秋天，看到照片里的春天，就都美得让人意外——你在当下看不出一件事情的意义，因为故事还没有展开。一切都尚未发生。而时间是一个奇妙的魔术师，它不须刻意，也无须矫饰，便能在一张烂照片或一个烂人生上涂抹新的颜色。只有一切都成为过去，你回头，方能发现——哦，原来如此。

在西湖边总是会碰到很多乐在其中的人。这让别人觉得生活本该如此。孤山北麓的沿湖小路，平时我走得不多，但偶尔兴之所至也会绕进来。这条小路的中间有一座六角石亭，单名一个“云”字。正如西湖边上所有的房子、亭子、石壁一样，上面但凡有空位的地方都被历代的文人墨客写满了字，楷隶行篆各种字体，看上去就很风雅（但是除了另一些也自认为颇有些风雅的人会认真地读一读，多数游客也就视而不见），云亭的每根柱子上都写满了字。

这座云亭边上，是一片玛瑙坡，林木长得很野，有时清晨阳光从林间斜洒下来，枝叶闪亮发光，很是好看。亭子边的石壁下，有一汪泉水，也很随意地流淌，倒真的有点“明月松间照，清泉石上流”的意思。暮春时候，玛瑙坡完全被绿意覆盖，间杂开着紫色的小花，非常养眼。亭子边的湖面上，时常会有成群的野鸭和天鹅嬉戏，引得不少游客围观。至于架着长枪短炮的摄影爱好者，也常扎堆于此，拍摄天鹅起舞的倩影。

那一天，我往云亭边过，耳畔传来阵阵动听的琴声。寻声看去，只见一白发老者正坐在湖边长椅上，双手举着一部小摄像机，正拍摄湖面上嬉戏的天鹅。那琴声是从老者身边一部小录音机里发出来的，仔细听一下，原来是马友友演奏的大提琴曲《天鹅》。老人将音乐和天鹅一并收入了他的摄像机。

很多人从老者身边经过，但他彼时已是物我两忘，完全沉醉在这诗画一般的旋律中了。晒着太阳听着歌，拍着录像看着鹅，真不知是鹅乐还是我乐。

小满，庄稼结穗灌浆，穗中半满。小时顽劣，最喜欢这时节的稻田，走在路边顺手就拔出一个个大肚子的穗头，当作飞镖乱射。如此暴殄天物，现在想来也觉愧疚不已。

小满这天上午，我在西湖边逛了一圈，下午便开车三小时回了老家。如今回家次数渐渐稀疏，每一次回去，季节变换，田野间的风景都不相同，真可以用“回家第一季”“回家第二季”来称谓。我自小在乡村生活，这种对于土地和自然的贴近体验让人终身受益。而我的女儿周一朵，出生起便是城市生活，没有几天是在乡下度过，她一日日地长大，与土地保持着距离，从此以后定然无法理解我对于理想乡村生活的留恋，正如我永远无法理解我的父亲对于乡村生活的无法割舍。

小满这天晚上，屋外还在下雨，父亲忽地对我说：“玉米地里，有一窝野鸡下了蛋呢。”

我好奇心顿起：“真的吗？什么样子？”我从来没见过野鸡

下的蛋。

父亲说："白天去玉米地里看到的，一只野鸡在窝里孵着，没在意地走过去时惊到了它，扑喇喇飞走了。"

一朵也很好奇："野鸡……是跟母鸡一样吗，还是跟公鸡一样？"

父亲拿上手电，穿上雨衣，套上高筒雨鞋，自告奋勇要去田间看看野鸡在不在。他想捉那野鸡来给小孙女看看是什么样。真要捉，又岂是容易捉到的。我便没有阻止，由父亲出门，踩着一路泥水去了。

过了一会儿，父亲回来，很遗憾地说："野鸡不在呢。这鬼机灵，怕是惊到，不敢来了。"

我们都未免有点遗憾。父亲遗憾的，是野鸡不在；女儿遗憾的，是看不到野鸡；我遗憾的，是野鸡不再回来，那窝蛋可怎么办呢？

翻看小满这天拍到的照片，小荷叶的尖上，有一对豆娘停在上边。两只豆娘身体联结成一个心形图案，身影倒映水中，浓情蜜意的样子。豆娘是一种身体轻盈、体色明亮的小昆虫，有点儿像蜻蜓，但又明显要比后者纤细许多，也修长许多。

豆娘的交配，动作难度系数极大：雄豆娘用尾部的一对"小夹子"，夹住雌豆娘的颈部，雌豆娘则把尾部的交配器向前伸，从雄豆娘胸部的储精囊获得精子。这样两只豆娘，一前一后，连成一个圈儿，组成可爱的桃心。它们在空中联结起来，一边轻盈地飞舞，一边表达着生命的喜悦和律动，透明翅膀扇动的微风，向草叶传达着微弱酣畅的呻吟。

交配之后的两只豆娘，仍然久久不舍得分开。心形是打开了，但雄豆娘仍一直夹着雌豆娘的颈部，它们一同到水面上产卵。雄豆娘的这种行为，美其名曰 “护妻”，实则是为了防止雌豆娘在产卵前，再跟其他豆娘交配，保障自己的后代顺利降生。然不管怎样，这样两只豆娘点水的姿势，却像极了美妙的双人舞，齐飞，旋转，滑翔，降落，悬停，浮游，它们如此默契，如此优雅。整个过程，皆以美好的姿态呈现。

这五月的湖边，豆娘一点儿不孤单。

卷四

【江南二书·廿四声】

春夏秋冬，西湖的哪一季都有其独到的美。但我更想告诉他的是，西湖的最美之处，不在于当下一瞬，而在于悄然发生的变化之中。

从中，你看见了时间。

这就是我们的生活。只有当你被漫长的时光浸洗过，你才会清晰地看到来时路。你才会知晓，从前觉得毫无意义的生活，恰恰构成今日最坚实的基石。你也才会明了，原来生活总是在一边抛弃一边继续。

芒种记

一到六月，好像就真的进了夏季。早些天还很凉爽呢，今天杭州城的最高气温，就窜到了28.9℃，阳光照在身上，人就觉得发烫，微风吹来也是透着一股热气。

走在西湖边，戴着凉帽的女人和撑着凉伞的男人，都可以见到。从去年秋天以来就一直让人喜闻乐见的太阳，这会儿似乎渐渐地令人讨厌，绿色笼罩的树荫成了人们最喜欢的去处。西湖边的女人们长裙摇曳，碎步生香，这是一个花枝招展的季节，你坐在浓郁的树荫底下看风景，无数年轻的女人则是这风景中的风景——如这季节所昭示的那样，她们浑身上下充满了四溅的活力。

荷叶已经绿了一片水面。仅只半个月没来，西湖的绿就仿佛更浓了一层，梧桐树高大的枝条伸展在高处，北山路上空稀疏已久的天空又重新被遮蔽起来，阳光打在一片片巴掌一般的树叶上，好像涂上了明黄色的油彩，明润而光滑。

芒种的芒。麦芒的芒。在农村，芒种这个时候，大麦、小麦、黑麦、燕麦，反正麦尖上长芒的作物都已颗粒饱满，麦浪起伏，在阳光底下摊开了成熟之美。农民们手握镰刀，忙于收割。黑麦、燕麦、大麦、小麦，这些麦子的品种，你又认得哪些？若是问我自己，唯一的答案就是摇头，就算它们之间每一种的区别都很大，种子上的芒有长有短，我也叫不出它们确切的名字。谁让它们长得那么相似呢？

这些草本植物大规模生长在大地上，面容亲切，低眉善目，连开的花都那么低调——岂止是不张扬，简直是不显眼。就连蝴蝶和蜜蜂都难以发现它们。但是没有关系，只要有风，只要麦子们打开小小的花朵，高高地举起雄蕊，风就会带走它们的花粉，吹到另一些同类的植物那里。只要有风，只要你站在广袤的麦田里闭上眼睛，静静地聆听，就能听到麦子们窸窸窣窣的私语，那是它们在传达生命的秘密。

如此平凡的草本植物，却被称为“世界上最重要的植物”——麦子、水稻以及牧草，为人类和牲畜提供食物，为我们创造了牛奶和面包。它们如此了不起，却仍毫不起眼地生长，甚至连花都不曾好好地开过，这可真是让人一想起就会不由自主地感恩。

鸭茅草、狗尾巴草、艾草、蒲公英、毛茛、夏枯草、野豌豆、剪秋罗、酸模……在乡下，随便哪一片土地上都长满了各种各样的草，开了各种各样的花，高高低低，挤挤挨挨，闹闹猛猛，欣欣盛盛地拥在一起，哪一块地都不闲着，哪一点时光都不浪费。

西湖边白堤上的泥地里没有小麦，即使是芒种这一天也找不到一根麦芒。有一大片一大片的草地是绿油油的，可里面还插着木牌，上面写着字，“小草在哭泣”。小草们像被理了平头，齐整是齐整了，可怎么看怎么像是被家长强制隔离、勒令不要跟那些野孩子玩的倒霉蛋。没别的孩子跟它们一起恣意地玩，这初夏的草地还真难免有一丝落寞的气息。

乡下这时节，对于孩子们来说最有乐趣了。虽然漫山遍野的野竹笋早过了可拔的时间，这会儿都疯了似的抽茎，已经乏善可陈；半个月前浩浩荡荡的橘花香，这会儿也无迹可寻，枝头的花瓣全谢了幕，变成了一粒粒微型的果实——但晚开的蔷薇花，却把整列的竹篱笆都攀满，一堆堆花瓣开得比杨二车娜姆鬓边的还要闹猛，气势恢宏，灿烂无比；相比之下，山边的野百合零星散落，静悄悄的，正擎着几支纯白或粉红的小喇叭浅吟低唱；林间莺鸟啼声更为清亮，老母鸡领着一大群雏儿前呼后拥，在茶树丛里钻进钻出，象征性又潦草地啄一嘴又啄一嘴泥巴，唧唧咯咯但效果全无。

这些，当然不是最重要的，最重要的是，这时节野草莓都红了！

春天走的时候
每朵花都很奇妙
她们被水池挡住了去路

静静地变成了草莓……

这是顾城的一首诗。野草莓在我的家乡方言中，并不叫“野草莓”（这名字太文绉绉），总称“泡儿”；但正如乡下的姑娘们，虽然统称“蚂蚁”（我家乡的赣方言，“姑娘”与“蚂蚁”竟然是完全相同的发音），但每个姑娘都各有不同的名字，“泡儿”品种不同，也各有不同名字——那种长势低矮，果实圆润，采摘下来果蒂脱落中间空心的，叫“大水泡”；那种高高长在带刺的树上，一颗颗果实如宝塔状，中间实心的，叫“果公泡”，味道最鲜美了；还有一种贴地生长，果实猩红圆溜，生来一副邪恶模样的，叫“蛇泡”，人不能吃，只供蛇吃，偶尔上面还有蛇吐出的白色唾沫呢——想到它就让人不寒而栗。

果公泡，亦即鲁迅先生在《从百草园到三味书屋》中写到的“覆盆子”，“如果不怕刺，还可以摘到覆盆子，像小珊瑚珠攒成的小球，又酸又甜，色味都比桑椹要好得远”。

这种野果味道之好，看来是人所共识，绝非现今大棚培养、施以催熟增甜药物的真草莓之类可以比拟的。就连常年在瓦尔登湖隐居的梭罗，也毫不吝啬自己的赞美之辞：“在我看来，树莓可以归于最朴实、最单纯也最宝贵的一类野果。”梭罗所说的树莓，也正是这种“果公泡”——“其欧洲的一个品种就得了个名副其实的命名：Idaeus，这个拉丁词本意是理想之物”。

“大水泡”成熟时间稍早，五月初就有零星的红果实散在山坡上、溪流边和田埂上的绿叶间，鲜红且大，到了五月中旬就大量成熟，六月时节还偶有所见；“果公泡”成熟时间稍晚，六月正好，你在山路上信步而走，转一个弯，满树的红果忽然闪现在眼前，真是让人无限惊喜。这种浆果跟“大水泡”比起来，红得不那么耀眼，个头也不那般大，但颗颗结实，果肉饱满，味道甜酸鲜美而醇正，回味悠长。可惜采摘之后隔日就不能保存，更无法上市销售，便只有居于乡野之人才有口福尝到了。

我自从离开故乡到城市谋食，久疏了乡野生活，四季变换也只是在西湖边行走时才可以感知。至于采摘“泡儿”这样充满童趣的事以及“泡儿”的酸甜味道，也只在记忆中得以咀嚼。前不久回了一趟老家，正好赶上了季节，邻家小孩儿拉着我去到那向阳山坡采“泡儿”，一边采一边忙不迭地往嘴里扔，快乐极了。虽然后来还滑了一小跤，右手肘被“泡儿”枝上的小刺刮了几道血痕，但完全没影响那份生鲜的野趣。

“信步走到这样一片树莓林前，看到树上结着淡红色的树莓果，不由得令人惊喜，但随之也感叹这一年又快过半了。”这是梭罗面对一树美妙野果的纠结心情——如此好吃的东西放在你面前，竟还有闲心去发些光阴似箭岁月如梭这样的感叹，莫非老男人也要走小忧伤、小清新的路线么！

西湖真是适宜发呆、做梦、谈情、瞌睡的好地方。

尤其是周末。

有什么比在西湖边消磨掉一个无所事事的下午更享受的事情么?

坐在孤山密林间随便一个石椅上看书；躺在随波逐流的小船里晃晃悠悠，耳边听一段昆曲“却原来姹紫嫣红开遍”；懒在临湖的一个沙发怀里，晒着太阳，喝掉半壶醇香的炭烧咖啡；或从宝石山的密竹里穿行，一路沿石阶攀登而上，又从另一面小路下山，出一身的臭汗……都是一件快乐的事情。没有目的。没有计划。没有最后期限。没有交货日期。没有协议约束。没有国际纷争。没有拍案惊奇。

这一定是无数城市白领梦寐以求的生活状态吧?

前几天看报纸，说国内一线城市近六成的白领都是“过度疲劳”，高强度的工作天天挤压着他们的大脑神经。报纸上还举了例子，说某某跨国企业的中层，年方而立，好好的某天晚上睡着就没有再醒来。说某某创业明星是名声如日中天的CEO，前程一片大好，却突发心脏病住进了医院。

有什么办法呢? 人均GDP从一万美元向二万美元提升时，劳动者感觉“最累”，这是经济学家和社会学家共同的研究成果。物竞天择，适者生存，每一个在大环境中的个体，就如处在海洋风暴波浪里的鱼虾，有谁能独善其身?

所以，不如学习外国人的生存方式：“work hard, play hard”，即是，既能拼命工作，也能疯狂地玩。压力是需要释放的。从这一点上来说，我觉得大城市比小地方要好很多，至少这城市，它可以宽容更多元化的生活方式，也可以接纳更个性化的每一个人。

你亲手写下的文章、亲口说出的话语，
也只能是飞絮浮尘。
天意之中没有怜悯，
上帝的暗夜漫无边际。
你的存在就是光明，不停流逝的光明。
你是那每一个孤独的瞬息。

握一本书，心中默念着博尔赫斯的小诗片段，然后望着湖面的荷叶出神，不觉有些倦了。透明的阳光里，有蜻蜓立在小荷上头。

夏至记

南方十省暴雨，水淹了村庄、道路、楼房和庄稼，小猪和人挤在楼顶，无奈地望着夏至这个节气。

而西湖，温文尔雅，和风细雨，舒适得令人吃惊。

目前，这座城市还处在梅雨季，雨下得却并不绵密。今夏对于气候的记忆，似乎才热了三两天。我所住的房子里，到现在还没有开过空调，夜晚也并不觉得燥热不安。前两天下过雨，据说是入梅以来杭州雨下得最大的一次，按气象上分，可以算大到暴雨。但或许雨下的时候是清早四五点钟，正是我睡梦最酣畅的时候；这场雨也正好浇灌了我的梦。醒来以后，拉开窗帘，看到马路上湿漉漉，人们撑着伞来往，心情就大好。

夏至这天，天阴风凉，我是骑车上班去的，过钱塘江。一日日地热起来，适合骑车的时机将越来越少，所以这样宜人的天气，又怎容错过。

下午去了西湖边，也是骑车，令人快乐。

西湖的夏至，跟半月前的芒种相比，真是变化很大呢。最明显的，是原先稀疏的荷叶，现已经把水面铺满了。细心一点，便能在碧绿的荷叶间，找到几朵挺立的荷苞。断桥边那片荷田，泼墨般的绿，绿得喜人。

北山路的梧桐已经郁郁葱葱。

《都市快报》上有两则消息。一则说，杭州今天日长有14个小时，为一年中最长。北京约15小时，黑龙江漠河可达17小时以上，北极就是极昼了。

另一则是说，在夏至左右出生的人，多是型男美女。

这是网上流传的一种说法，“节气性格”——认为在不同季节环境下出生、成长，对性格也有一定影响。而芒种及夏至出生的人（基本上是6月5日至7月6日这段时间出生，每年可能差几天），个性比较热情，处事敏捷，但有时过度热情，叫人喘不过气。长得都是型男美女，是情场上的常胜将军，但有时太耀眼，令另一半不放心。

这样的说法，哪里是说人的性格呢？分明是对于夏至这个节气的拟人化修辞手法——天地间草木葱郁，湿气蒸腾，日子一天比一天更俊朗和热烈起来。

一九二九，扇子不离手；三九二十七，吃茶如蜜汁；四九三十六，争向街头宿；五九四十五，树头秋叶舞；六九五十四，乘凉不入寺；七九六十三，入眠寻被单；八九七十二，被单添夹被；九九八十一，家家打炭壑。

这首歌谣，是《夏至九九歌》，记载在宋人周遵道的《豹隐纪谈》中。

昨天，有一个男同事结婚了。夫妻俩都是文艺青年，所以，婚也结得很文艺。

首先，地方就选得跟别人不一样。人家是在酒店宾馆，他们是在一个废弃工厂改造的LOFT风格的主题餐厅。那地方有点儿难找。但是，好找那还叫文艺青年的范儿吗？要的就是秘密接头的效果。在新郎发给我们的邀请函上，画着地图，标明几种接头方式：早点出门、借助GPS导航、向警察叔叔求助、给新娘打电话、学看这张地图……

好不容易终于找到了地方。粗糙的墙壁、灰暗的水泥地面、空旷的内里，以及残留的老机器和钢铁件。里面就像老式食堂，排排坐，吃饭饭。桌上大花瓶里插满白色的玫瑰花。现场不安排固定座位，无须对号入座，来者自助用餐，大家都端着盘子到处游走；桌上还有三国杀等各种游乐设施，先到的宾客一堆堆的先玩了起来。

这二位新人，果然文艺。婚礼也没有人主持，先是一个乐队在暖场，之后，新郎和新娘一起进场，上台，边弹边唱，合作了一曲《明天我要嫁给你了》。两人唱得不错，情意绵绵的样子；新娘还号召大家多多鼓掌尖叫，做热情洋溢状。

于是场下观众纷纷尖叫和鼓掌。一曲终了，新郎致感谢辞：

“Ladys and 乡亲们，今天是我们的婚礼，也是我的第一次个人演唱会……”

此后，新郎一直在台上边弹边唱，深情款款，但台下的麦霸很多，他生怕众人会冲上来，抢夺他的话筒，所以他一再声明：

“这是我的个人演唱会，只有我可以在这里想唱就唱……”

这婚结得，真叫人耳目一新。

他们如此享受这个属于自己的节日。

记得半年多前，我刚在这座城市立稳脚跟，只把纵横交错的高架路和周折婉转的公交路线摸得半熟，至于很多好玩而有趣的地方，则实在是一窍不通，无法切入正题。如果打个比方的话，这城市就像一个女人，而我只看见她漂亮的外套。其实我多想深入地了解一下她的内里啊。

闲聊时，我突发奇想——要不，列出一个计划，比如“杭州100个最值得去玩的地方”或者“来到杭州必做的100件事情”之类——三不五时地找出时间，一件一件去完成，那兴许有点意思吧？

我又想起，大约在更早的一年多前，我与这位同事在西湖边的郭庄遇到过。那是另一个初夏，杨公堤畔的郭庄园林里，小桥流水，曲径通幽，小荷初绽，渔鸟静立，一切闲适得紧，又意趣盎然。

那次活动，名叫“西湖雅集”。十数人，聚于郭庄，赏荷品茗，面朝西湖的波光潋滟，大声吟诵自己写给西湖的诗句。

诗写得好不好，倒在其次了；什么梨花体、李花体、李白体、桃红体、扁桃体，全然无所谓。重要的是，这件事有多好玩！

或许你已经猜到了，在这样的时候，我岂能缺席。下面这一首《写给西湖的情书》，就是在下的大作——

毫无疑问
那么多人爱你
爱你爱你爱你
他们叫得那么响亮

在人群之外
我默默地看你一眼
然后把那一眼
收在心口

八百年后
你回眸一笑
我的爱情
就此复活

一亿九千万遍
我只是轻轻地
唤你的小名——
西

是的，这就是西湖。这就是西湖边的人和事。很好玩，不是吗？

夏至是个特别的日子，一年当中，这天白昼最长。我沿着白堤慢慢悠悠地骑着自行车，心中想着这一天的“特别”之处，眼中所见的各人，便也有了颇耐寻味的别样意义。比如这个年轻男子奋力地骑着自行车从人群边掠过，他是想追逐这瞬间流逝的光阴么？比如坐在石椅上的这对恋人，用一把阳伞隔开了世界的声音，夏至这北半球白昼最长的一天，对他们来说也不够用么？还有一家老小推着一个轮椅从我最熟悉的那棵树前走过，轮椅上的男子与他们有说有笑（是从医院溜出来，“偷”到的快乐时光么），一个姑娘奔前跑后地给大家拍照片——人在生病的时候，就会倍觉时光流逝的痛心，及无奈，这样想着，眼前一幕真是叫人感慨万千。

每一个平静的日子之下，都藏着怎样波澜起伏的人生啊。

小暑记

总是要很久以后才会明白——有些事情一旦做了很长时间，就会成为一种习惯，或是变成心理上的瘾。爱是如此——爱一个人久了，就像进水管和出水管都开着的水池，容量维持相对的平衡，不至于满溢，也不至于枯滞，可如果随便关闭了哪一根管道，情况都会变得糟糕透顶，不免要一番手忙脚乱才可以搞定。别的事情也是如此——我从去年九月开始，每隔半个月到西湖边行走，懒性发作之时也会觉得多此一事，然而这样的节奏一旦适应，就已成为我生活日程中重要的事项之一，哪一次都不愿意随便错过。

每次去湖边，我都带着相机。我的拍摄是十分随意的，本来，我也没有苛求过自己要拍出一张怎样“凝固精彩瞬间”的漂亮照片来。对着花花草草按下快门，对着掠过湖面的水鸟按下快门，或者对着路过的游客、天空的浮云、水边的空椅子，按下快门。这件事做了大半年，我的脚步会在一些固定的地方停住，然后望着同一个角度的风景出神，回想上个月它是何种情形，半年前又是何种情形。一边回想，一边不由自主地按下一张照片。如果把不同时间的照片摊开来，你就会发现时光流淌过的鲜明的痕迹。

当我拍照片的时候，不止一次，有人在身边停下来并好奇地问我："你是在拍西湖的风光吗？"

我想了一下，说："不，我不是。"

我虽然拍下的是西湖的景色，但说实话，我并不是想拍下这一刻西湖的美丽风光。我想我只是在记录。我按下快门的时候，是想告诉自己："看，那片荷花都开了！"或是，"看，冬天的雪覆盖着梅枝。"

偶尔，我把当天拍到的照片发布在自己的博客上。有一天，一位陌生的网友看了照片后向我咨询，哪个季节的西湖最美，他想来看西湖。

我想了想，觉得很难给出一个公正的答案。春夏秋冬，哪一季都有其独到的美。但我更想告诉他的是，西湖的最美之处，不在于当下一瞬，而在于悄然发生的变化之中。

我曾见到一位国外摄影师，二十年坚持给自己每天拍一张头像。当所有的照片集中起来，以每张0.1秒的速度按时间顺序快速变换，你就看到一个年轻的男孩不断变换发型和胡须，脸上的皱纹与沧桑感一起越刻越深，眼前这个人就这样一点一滴地变化，最后慢慢地变成了一个中年男子。

从中，你看见了时间。

如果你看过电视上关于大自然的纪录片，你一定会对这样的镜头印象深刻：在几秒钟内，一朵花开放、凋谢、结果、枯萎。这是把摄像机固定在某个位置费时几个月才拍下来的镜头，但在播放时，时间被浓缩了，所以你可以看到时光的魔术师施展的帽子戏法。

这就是我们的生活。只有当你被漫长的时光浸洗过，你才会清晰地看到来时路。你才会知晓，从前觉得毫无意义的生活，恰恰构成今日最坚实的基石。你也才会明了，原来生活总是在一边抛弃一边继续。

西湖边一下子稠密起来：树叶，阳光，还有爱情。

昨天一场大雨过后，空气清新如许。断桥边的荷花，开得像中学时代的校园——新嫩的恋情次第开放，羞羞答答，不成规模，但是清纯喜人。

女孩的声音脆生生地响起来，在我脑后距离不远处。她的话语清晰而明亮，一个个音节接二连三地冒出来，像在玻璃上撒下一把宝石珠子，叮当作响，遍地滚动。这让她身边的男孩应接不暇，来不及捡拾。

这个时候我在北山路，面朝整片荷田的一张椅子上坐着。听到这么好听的声音，难掩一丝好奇地转头去看，却只看到一对青春的身影，友好又克制，令人羡慕地并肩行远了。

正准备对自己逝去的青春年华展开美好追忆的时候，有人肩挑一副担子晃晃悠悠地走到面前，问我："莲蓬要吧，莲蓬……

很嫩的西湖莲蓬。”

我瞅瞅湖中的荷花，虽有几朵刚谢的花朵，露出了青涩的莲蓬蒂头，但是显然珠胎仍没有暗结。怎么就有莲蓬上市售卖呢？难道是品种不同吗？

虽心中这样想着，可仍然禁不住挑筐里青青莲蓬的诱惑。有几位游客也上前问起价格，小贩说，小的一块钱一个，大的十块钱四个。果然就有人掏钱买了。我要再不出手，莲蓬就要被别人买光！于是，我赶紧果断地买下两个，剥开一尝，里头的莲子真的很嫩很甜，正是初夏的味道。

湖面上波光潋滟，近午的阳光渐渐变得尖锐。我坐在湖边，吹着细爽的风，吃着新鲜的莲子，真的一下子都不愿再动弹。

天气真的热起来了。昨天，中央气象台发布了今年的首个高温橙色预警。想不明白的是，夏天不是才刚开了个头吗，高温怎么就这样迫不及待？

古人说，小暑是小热，还没到一年中最热的时候。可现在情况却并非如此。针对天气热的问题，有家都市类报纸公布了一份气象数据——《1971—2000年中国地面气候资料》，上面说，除青海、甘肃、山西、内蒙古、安徽的大部分地区，七月的极端最高气温相对多数出现在大暑外，大多数省份的极端最高气温都出现在小暑期间。

这份资料上说，全国绝大多数地区在七月份的平均气温都比八月份要高，七月才是全年之中的最热月。

如此说来，一年当中最热的月份，正是七月。

不仅是热，洪灾也在这个时机来到。七月有大水。电视上看到南方好几个省份洪水泛滥。大雨滂沱，雨水从高山、森林间奔流而下，聚到山谷，再汇到河道，已经变成了滚滚洪流，轰隆隆，轰隆隆，裹挟着摧枯拉朽的巨大力量，一路翻滚奔腾而来。

“我们去看黄河吧。”隔壁的孩子来家里约我。我们家乡在浙西山区，黄河只是在语文课本上见到，村里的孩子们谁都没有见过黄河是个什么样子。唯一有印象的是老师说过，黄河的水很黄很黄。

发大水时，我们村边的那条小溪，原本一贯轻语呢喃的样子完全不见了，代之以扩张上百倍的河面宽度，雄浑苍黄的洪水发出令人心惊肉跳的低吼，说不清方向地滚滚冲向下游。那样子，暂且用“黄河”的名字指代一下，在我们孩子看来完全没什么不可以。

大人和小孩，老人和妇女，都远远站在河边高处山坡上，望着洪水出神。不知道大家在望着什么。我年纪尚幼，面对这样的洪水，总是胆战心惊地缩在大人身后。每年七月，上游和下游几座木桥都会被洪水冲垮，其中几段桥板因此下落不明。失去了桥，好些村庄因此被河流截断，孩子们去上学就要翻好几座山，绕很远的路，冒着很大的危险才能到达学校。

上游的洪水总是会带来很多人们无法预料的东西。水面上会漂来许多木料，也会漂来劈好的柴禾。也有可能漂来一个木盆，盆里坐着一头小猪。也许会漂来木箱子，没有人知道箱子里有没有金银财宝。总之，在岸边观望洪水的人心情总是很复杂，他们大多数时间都在沉默，没人知道他们在想什么。但偶尔间杂的一声叹息，往往暴露了人们对于大自然的无奈。

一场洪水过后，村庄总是会发生很多改变，一个老人走失了，两条陌生的狗出现在村子里；河道调整了方向，一些桑田消失了，对岸的土坡则多出一堆；新的板桥又架起来了，七八根新削的杉木组成一截桥板，残留的两三截旧桥板间杂其中，让人想起“传承”这样文绉绉的词汇；孩子们在新堆积的沙滩上玩耍，捉到的螃蟹或许来自上游近百千米外的地方；有时孩子们也会捡到更新奇的东西，一块奇丑无比但毫无用处的石头，或是一块质地坚硬黑黝黝的阴沉木。

在洪水里你也能看到时间——它总是毫无预兆地带来一些什么，又带走一些什么，令人猝不及防也只能安之若素。

西湖之水如此温婉与宁静，再大的风雨降临到西湖，都只是掀起一层小小的波澜。“惊涛骇浪”这样的词汇，永远形容不到西湖身上。杭州是个安逸的城市。我曾听说有几个西北汉子，人聪明且颇能折腾，从大西北拼了老命地折腾到杭州，信誓旦旦地准备大干一场。可是到了杭州这个温柔乡，日子是一天天地过下去，斗志是一天天地消磨下去，最后修成正果，心满意足，心平气和，过起了安稳的小日子。其实哪个人的内心，不曾有过几番雄心壮志呢。只是有一天突然醍醐灌顶地发觉，有些事不过是在绕圈子。挣了很多钱，最后不过是仍然和从前没钱的时候一样，在沙滩上晒太阳。生意做得越来越大，官职混得越来越高，快乐却并未增添几分，以前一年收获200千克快乐，现在一年也只收获200千克，还是税前的——好多快乐是赔着别人笑出来的，并非真正发自内心。虽然多收了三五斗，可是完税之后，真的所剩无几了。

何妨把当下的生活，过得精致一点呢？何妨把日子过得慢一点呢？何妨把欲望调低一点呢？何妨不要想那么多呢？何妨多睡个懒觉呢？

杭州真的会让人变得这样的！

可是这样不也是挺好么？

七月，球事正热——世界杯这样的全球狂欢节，在杭州也是温文尔雅地进行。杭州人永远不会有那么狂热奔放的球迷，不会裸奔呐喊，不会满场子扔矿泉水瓶，更不会自己冲进场子把球踢进球门。他们节制而内敛，抱着两罐啤酒默默地坐在电视机前，为了不影响楼上楼下的邻居休息，甚至把电视机都打成了静音。当然，这城市的几间酒吧，倒也是彻夜狂欢，许多男人一边喝着酒一边看着球，看完了球就匆匆地赶回家睡了，因为第二天早晨八点，他得准时西装革履地出现在那张一尘不染的办公桌前。

小暑。小狂欢。小安逸。不管怎样，跟你注视的目标保持距离——正如前面所说，所有的美好，都隐藏在变化之中。

大暑记

夜越来越深，蓝灰色的天空也慢慢变得越来越蓝，最后变成了纯蓝墨水的那个样子。很多虫子克服了羞涩，越唱越来劲，这时候，果然，萤火虫悄悄地飞出来了。

在黑夜里，其实你看不到萤火虫，只看得见光。一粒小小的光一闪一闪，带着梦想一样，一圈一圈地飞着，不知疲倦，就像是在寻找着什么。可是看样子一切努力都是徒劳，它们微小的力量既照亮不了一条道路，也寻找不回人们失落的梦想。看着萤火虫就那么飞呀，飞呀，心里就慢慢地覆盖了一层忧伤。

在天空里，飞机也是一闪一闪地飞过。飞机那种庞然大物，你也完全看不到它，只看得见跟萤火虫一样的一闪一闪。可是谁能想到，这样的一闪一闪里，有那么多人在高高的天上飞过呢。

我们躺在竹椅上仰望星空，热爱幻想的孩子都爱做这样的事。那么多人……看上去那么小……一闪一闪……就这样胡思乱想，把脑子都要想痛了，在这么闷热的大暑天气里。偏偏在这个时候，弟弟或妹妹还要来凑热闹，问我一个问题："哥，你说，萤火虫为什么要发光？"

为什么要发光？天哪，饶了我吧，我怎么知道它为什么要发光。我曾捉了十几只萤火虫装在玻璃瓶里试图研究一下，但没有结果。不过，意外的收获是让我揭穿了一个谎言，我把十几只萤火虫凑近书本，它们发出的光亮也根本照不清书上的字。古人又没有玻璃瓶，把一百只萤火虫装在布袋里，难道就能当手电筒使吗？我看真的很悬。

另外，我敢打赌，城里的倒霉孩子百分之九十都没有看过萤火虫！西湖边的夏夜应该会有萤火虫出没吧？——还真有。报纸上甚至发布了西湖边看萤火虫的攻略（真的只有杭州这样浪漫的城市才会在报纸上登这样的消息吧），称孤山、杨公堤、太子湾和植物园都是看萤火虫的好去处。

报纸还特别提醒，说小情侣们一定要去看。为什么？我也跟你一样感到好奇！好吧，它说了——

那些萤火虫上下翻飞的场景，除了特别美、特别浪漫之外，还是一种爱情表白——雌、雄萤火虫是采用闪光讯号的方式互相打招呼和谈恋爱的，通常雄雌萤火虫都会发光，而雌萤火虫的光度稍微弱一些。在夜空中一边飞一边发出求偶闪光信号的大多是“男生”，“女生”则停在枝叶上发出比较微弱的闪光信号，当“男生”察觉到“女生”所发出的闪光信号后便会朝它飞去。

困扰我心头多年的难题一朝得解。我就此得出结论，但凡动物之间不明真相的行为，只要套上“求偶”去解释，十之八九不会错得太离谱。在它们的一生中，还有什么事是比爱情这件事更重要的呢？

比如这些萤火虫，用十个月的时间获得能量，换来大约两周的发光时间。发了光，找到了对象，雄虫便不遗余力，不留遗憾，数日后精尽虫亡。雌虫则晚一步，直到把卵产下，耗尽了毕生能量。

由此，再来看萤火虫，在那湛蓝的夜空里一圈又一圈地飞着，不知道疲倦，就知道它是为了寻找什么。于是，看的人也就不悲伤了，我怎么觉得它们都飞得好快乐啊。

这时候，西湖便是避暑的好去处了，若是清晨就坐着画舫或摇着小船，径往莲叶深处去，那自然是逍遥极了；湖面上凉风沁人，捎来荷花的清香，躲进浓荫蔽日的里西湖就再也不愿出来。哪怕是就此隐居起来，也没有人会觉得意外。

在这样的天气里，西湖其实是一种诱惑。一开始，你会纠结于要不要从空调房里走出来，从十七楼的办公室望一眼窗外，发现高架桥上的金属物体缓慢爬行，正在惨白的烈日下慢慢融化。当然，这有点夸张，但盛夏城市水泥路面上的温度绝不是气象预报上的那个数字——那是在草坪上方阴凉的百叶箱里的温度。当人们坐在汽车里，每一台发动机都在疲惫地转动，就算汽车因为堵车停滞不前时，发动机仍在轰隆隆地响着，用空调维持着小小的“私人空间”内的凉爽——当所有的发动机都把热气排到空气中来的时候，你就会悲哀地发现，“公共空间”成了巨大的蒸笼，你可以躲在家里、办公室里、汽车里，但是一定得打开空调，否则你就无法生存。人们必须记住的是，当你获得小世界的利益之时，必是以牺牲大世界的利益为代价的。

于是，闭上眼睛，就会想念茂密的森林，湛蓝的湖泊，林间的微风，草叶的舞蹈。那些习惯了森林湖泊的赐予，在自然秘境中安然度过每个盛夏的人，一定不愿意像缩头乌龟一样躲进空调房间里。当你处在森林与草叶间，你身上的每一个毛孔都是打开的，你可以与草木交流获得内心宁静和清凉的方法，它们教你放松身体的每一块肌肉，然后把呼吸拉长并放缓，呼——，吸——，呼——，吸——，你与草木以同样的节奏共享同一片空气。如果此时，你正坐在一艘漂荡的小船里，正好处于大树掩映的水面，你就可以发现那弯弯曲曲的湖岸线是如此美丽，而湖岸上成片的丛林倒映在湖水中，对称和重叠的影像就是一幅美不可言的风景。在这样的宁静中你敞开了自己，一面巨大的湖水像是大自然的一个出口，你把透明的自己从出口放逐出去。

就这样独坐在大暑之中，会忘了你的工作报告要在两天内完成，会忘了那笔货款是不是已经到账，会忘了可恨的房价仍在继续上涨，而股市指数正在下跌，会忘了你在潜意识里想忘掉的一切。并且，最后会假装忘了回去。

这天我给一个名字叫孟静的人打电话时，车子正行在浓荫蔽日的北山路上，透过墨镜望出去，繁密的梧桐枝叶把马路结成了拱形通道，阳光从枝叶间穿透下来，枝叶摇动，光影斑驳。隔着这由枝丫树叶构成的层层绿帘，看见远处湖面在阳光下就像一枚琥珀那样蓝，水面上的小船摇摇荡荡，晃动出波光碎影，这景象恍如梦境一般——于是我简直弄不清刚刚是不是给“梦境”打了一个电话。

在镜湖厅附近的水域，一一风荷举，荷花开得正是好时候。

昨日傍晚一场大暴雨，起大风，竟然很意外地在西湖里掀起了大波浪，还把小游船都打翻了。这就像平日里温静娴淑惯了的小家碧玉，发起飙来，倒叫人感到惊讶。到了今日，天上却是碧空如洗，几朵白云也真的像棉花一样白，颇为好看。西湖恢复了它的温婉安静，低眉顺眼地迎候着每一位过客。

我在镜湖厅咖啡厅的二楼，望见一个孩子从花架底下奔跑而过，快活极了。很多的时候，我会把车子停在花架边上那块地方，应该是属于咖啡厅的停车场，而且免费。那里绿树掩映，柳暗花明，一般人发现不了这个秘境。夏天的清晨下过雨后，把车开到这里，一辆车都没有，安逸极了。站在湖边极目远眺，发一会儿呆，然后拾步走进咖啡馆，径自上了二楼，推开木窗，便是满眼绿浓。在桌边坐下，便觉心满意足。

一路往白堤上行来，可看之景很多，虽然不过是熟悉的青山湖色，却总有不同感受。这一次，还意外地发现以前每次去必为它拍照的那棵无名小树，一侧的枝丫已被砍去。我路过时三看两看，竟有点儿相遇不相识的感觉。一下子竟然不知从何而起，生出一丝小伤感。这棵树，我是半月就来看一次，没想到小小变化竟至陌生。树犹如此，何况人乎。那长久未见的人儿，无论曾熟络到何种地步，也会有擦肩而过却浑然不觉的时候吧。

人这一辈子，会与多少人擦肩而过，又有多少人与你相视一笑呢。

树这一辈子，有多少人会与它擦肩而过，多少人会记得这一棵（而不是任何另外一棵）呢。

大暑时节，也正是乡下最忙碌的时候。

早稻收割和晚稻栽种，紧紧地挨在了十天半月里，酷热的七月，是农人们一年中最挥汗如雨的艰辛日子。

我小时候，这时节总要跟随父母在田间忙活，脱粒、挑担这样的重活吃不消，但割稻、递稻把这样的活儿，也能抵上半个正劳力。

水稻成熟时，人站在田野间，金黄色的色彩铺陈到天边。割下第一镰之前，人会感到一种绝望，这么漫无边际的稻田，要怎样才能割完啊。然而大人们却从不在这个问题上纠结，他们只是坚定地握紧刀柄，从脚边的第一丛稻把割起。

很快，水稻便在我们的身后匍匐下来。

刚下田时，太阳还远远没有出来，趁着这晨间的凉爽，我们要多干些活儿才是。我记得刚出家门时，还有一轮明月挂在树梢。刷刷，刷刷刷刷。我们收割着水稻，露水早已打湿了裤管，衣服也早被汗水湿透。偶尔直起身喘口气，让腰骨歇歇，但总不能歇太久，刷刷刷刷、刷刷刷刷、刷刷刷刷，大人割稻的声音时时在催促着我咬牙前进。

现在想起来，割稻都是一件令人生畏的苦事。且不说晨昏之间牛蝇和山蚊的毒辣，水田中蚂蟥的可恶，谷芒和稻叶在皮肤上留下道道令人奇痒难耐的血痕，还有亮晃晃的太阳企图榨掉我们身上的每一滴水分……

水稻割倒之后，所散发的一种青草香，倒是我愿意闻的。当然，干着活儿的时候，心里就只有干活这一件事。只有到了傍晚，把这一天的活儿都干完了，整个人虚脱了一般，在新鲜的稻草堆里躺下，才能闻见身下的泥巴和着新鲜的稻草，散发着持久的质朴的香气。

大人们总在这时候教育我们：用功读书，只有用功读书，才能摆脱年复一年割稻插秧的劳作命运……于是我们咬牙切齿，虽然嘴上没说什么，心里还是坚决发誓赌咒地希望自己今后不用再割稻！

很多年了，我没有再割过水稻，没有再闻见那熟悉的青草香，也没有握过粗壮的镰刀柄了。想来，这显然是一种幸运。但记忆中那辛苦劳作的场景，却永远不能从我心中抹去。在七月，我总会自然而然地想起田野和村庄，想起无边稻浪，还有一轮朗月挂在我惺忪睡眼的树梢。

这是我记忆里的大暑。

仅凭回忆就让我感到腰酸背痛的七月。

这些年，农村劳动力减少，我们家乡大多数农田也只种一季了。

我早已远离故土，不知农事的日程，遑论农活的具体操作要领。

我是农村和农事的背叛者。不再有机会卷起裤腿下田，却在城市装饰着深蓝玻璃幕墙的高高的写字楼里，凭着仅有的一点记忆反刍以往的艰辛。

李银河曾说过，挣钱和花钱，在她的生活里都可以很不重要，“更有意义的倒是精神的享受：感人至深的情感、清澈有力的思想、所有的虚构之美——音乐、美术、戏剧以至优雅的生活”。

我想，对于彼时在农村生活的我来说，精神的享受也不重要，重要的是，怎么熬过那肉体的艰辛——身体上的疲累，早已盖过了收获的快乐。

“要叫我再回去种田，我宁愿出钱，贵一点也没关系，只要能雇到人帮我干活。”

这一年的七月，三十二岁的我站在西湖边遥望从前，我对自己这样说。然后，就像企图为自己找到一个借口，我不自觉地换算起自己干一天工作可得到的酬劳，然后又换算起每个小时工作可得到的酬劳。我试图证明自己聪明得多，至少还可以干些比割稻或插秧更有价值的事情。

但我突然领悟到，对生命而言，最终的酬劳其实并无太大的意义，而劳作本身，才能构成生命的意义。

我又绕着西湖走了一圈，出了许多汗。

这一路上我收到短信两条，一条是："您认为我为了他那件事提出离婚值还是不值？"

我想了想回复她："我也不确定。"所有的值与不值，在乎你心，是不是？人生本来哪有什么值与不值啊，只有你愿与不愿。

另一条是："怀孕了以后是不是真的一滴酒都不能碰？"

我知道当然不能碰酒。但是如果已经碰了，生出一个酒鬼的可能性还是微乎其微。对于未来，我们每一个人其实都很诚惶诚恐。你所能做的，就是踏上那条路，一直往前走。

立秋记

每次到西湖边来，都会换一种心情。那是旅行的心情。

这样的旅行虽然短暂，但无论如何，也能找到一种“在路上”的感觉。在我看来，“在路上”指的就是，看到不同的风光，与不同的人相遇。

到杭州之后的这一年中，我很多次坐火车回老家去。坐在火车上的两个多小时，简直是我的享受，无所事事，有一段不长不短的时间可以打发，而且情绪会被有节奏的铁轨声响调拨到漂浮状态，就像仰躺在游泳池琥珀蓝的水中那样。

这样的短暂旅程中，如果我不是在翻书，那一定是在拍照片和胡思乱想。拍照片总是瞎拍，在那样一个空间里正经八百地把相机对准别人，调焦又调焦，取景又取景，似乎不太礼貌，而且仿佛入侵了人家的私人空间。不过胡思乱想就很有意思了，猜度前座一男一女之间的关系，或者前前后后那些人的职业，就可以联想出一篇很有自娱效果的小说来。

因为我每次都是独自一人坐火车，就不免会对邻座这个人稍稍关注一点。我想，如果每次出行，不管你是坐火车还是汽车还是拖拉机还是马车，如果有人把你和邻座的照片一起拍下来，拍个五十年，这些照片一定很有意思。

你想吧，你们明明是陌生人，或许一辈子就见过这么一次，而且只要下了车，你或许都不会再认得他。但是……坐在同一辆车上，一起走过一段路，度过生命中的几个小时，还相距那么近——甚至有时双方肌肤还要相亲，对方打瞌睡搞不好会把头靠在你肩上，而你睡着时流口水或许会流到他的衣角上。也许有的邻座并非你心所喜，他与你同行一段路的记忆并非那么令人愉快，但这又有什么办法呢？生活并不总是如你所愿。即便是一趟小小的旅行，也往往充满阴差阳错。

在西湖边的木椅子上也会如此。

如果你一直坐在一条长椅的一端，很有可能会有另一个人，在长椅的另一端坐下来。在这个时候，寻找话题也不是一件容易的事。所以过了一会儿，对方起身离去，你也便离去。

偶尔也会看到两个人在长椅上亲热相拥，甚至有时他们会接吻，证明西湖是一个美好之地。但显然无法想象他们一小时前才在这里结识，只因各自坐在长椅的另一端而生起结识的勇气。想象五年前他们结识于此，倒是浪漫——他们都是外地人，旅行到这里，各自坐在椅子的一端，悄悄打量对方却寻不到话题搭讪，其中一位正欲离去，可是因起身太猛导致椅子仰翻，于是另一个跌到了地上……

这个故事——我都不信，你会信吗？

无论如何，这是个好天气，西湖边秋高气爽，微风习习。立秋是个挺乖的大孩子，性格温和，轻言细语，不像大暑那么暴烈，有点像古惑仔。

荷花开得有些时日了，但仍是这一季最生动的风景，一枝一枝随风摇摆，让你经过时觉得不好好欣赏一下简直有暴殄天物的罪恶感。可是要想拍张荷花的好照片也不是一件容易的事，对于我来说，许是因为基本功不扎实的缘故吧，平时总不愿意端端正正地拍照片——架个三脚架，牵条快门线，测个光、加个背景板什么的，那样真是太费事啦。我最喜欢的拍法是，一只手随便举起相机，也不知道镜头对准了哪里，随便地按下一次快门，咔嚓一声就像击发了一次手枪的扳机，那快感是毋庸置疑的。至于拍出了什么……天知道呢。

白堤上骑自行车的人很多，接下去的天气，很是适合户外运动。从前人们喜欢“沙场秋点兵”，操练兵法，骑马射箭，秋天是最好的时候。昨天，钱塘江上千人游泳横渡，很是热闹，钱江新城著名的景观“城市阳台”附近，可以看到密密麻麻的人头，从江的对岸一直游过来，全程一千多米。游泳过江，中流击水，还是需要一点勇气的，像我这种只在无风不起浪的游泳池里待过的菜鸟，就像养在鱼缸里的金鱼，虽然会在做梦的时候表示无限向往大江大海大风大浪的洗礼，抒发一下让暴风雨来得更猛烈些吧的豪情，但事实上一旦清醒过来，就会对鱼缸之外的世界无限发怵。钱塘江这样的水域对我来说过于陌生，虽然我每天至少有上班和下班的两次跨越，但是也只限于远远的观赏，不管我是以吹着口哨驾着汽车驶过、舞动两腿骑着自行车滚过，还是坐在经济舱的狭小空间里从钱塘江上空飞过，我与它之间都保持着礼貌而克制的距离。我想我们之间还没有熟到可以裸裎相见亲密拥抱的程度——至少目前仍然如此，对于我来讲，它有点过于野性，而我也不知道接下去还会发生什么。

游泳其实是一种交出自己的很好方式：你一件件脱掉了衣服，同时脱掉了与外部世界重重隔断的帷幕；在水中你被热情而紧密地拥抱，而且你无法拒绝；你最大限度地舒展肢体，划动手臂，摆动躯干，事实上已经卸下了所有的戒备和武装——回忆一下，这样自然而纯粹的状态只有当你在床上的时候曾拥有过，而在床上90%的时间你是在睡梦中度过的——游泳能消除你的肌肉和精神上的紧张感，改善你与周遭世界的关系，提升自信心，这一点毋庸置疑：在开始一场艰辛的谈判或写作一篇令人头疼的文章之前游泳将会大有裨益。

这一天的斜阳美极了。怎么说呢，被树叶筛碎的阳光洒在北山路的柏油路面上，就像铺了一层细碎的黄金。洒在西湖波光粼粼的水面上，也像铺了一层细碎的黄金。

我是有多久没有欣赏过这样的斜阳了？城市里的好天气总是比较难得，而且大多数城市人已经遗落了抬头望天的习惯。许多个傍晚，我在位于杭州体育场路218号的一幢大楼第十七层的房间，朝着西面的窗外望了一眼，顿时感到眼前一亮心旷神怡，远处的西面云彩瑰丽夕霞满天，近脚下的低矮建筑楼层也沐浴着一层暖色调的橘黄。这样的时候，我就会想起金刚，那只爬上了纽约州地标建筑帝国大厦楼顶的大猩猩，电影镜头里落日的场景真是辉煌而让人感伤。

帝国大厦顶楼的落日之美自有它的道理，自1931年以来，这座大楼雄踞世界最高建筑的宝座达四十年之久，直到1971年才被世贸双子座超过。“9·11”恐怖袭击事件后，帝国大厦重新成为纽约最高的建筑。大厦原本381米，20世纪50年代安装的天线使它的高度上升到443.5米。当然，说到电影和帝国大厦又怎么能不提到《西雅图夜未眠》，写到这一段文字时，我甚至分心又去重温了一遍这部电影，梅格·瑞恩的眼睛真美丽——她一路小跑，到达帝国大厦的时候保安对她说：“对不起，你来晚了。我们下班了。”

“我约了人……”她很懊丧，“也许他没来过，但是不看一眼我不死心。”

我想见你——情人节落日时分，在帝国大厦顶楼。

好心的保安让梅格·瑞恩上去了。没人。然后她沿着观景台走了一圈，于是，嗯，她看到了金刚，那只大猩猩。

在帝国大厦拍过的电影实在太多了，无数情侣会在落日时分登上楼顶，一方借机向另一方求婚，成功率太高了，眼前的美景使得甜言蜜语听起来更让人陶醉。

眼前的流金碎影给西湖蒙上了一层神秘的色彩，有人坐在堤岸上窃窃私语，逆光下的剪影美丽极了。微风轻拂在湖边走过的姑娘们的美丽裙裾，她们穿着轻软的拖鞋，脚指甲上涂着年轻闪亮的颜色；几个僧人也从湖岸上走过，他们步履轻盈，黄色的僧袍被晚风吹动，遥远山林中的声声暮鼓大约在召唤着他们归去。

天，这个时候真的感觉凉下来了。

立秋是一个成熟和收获的季节。这个时节，田地里稻谷金黄、瓜果飘香，色泽鲜艳而暖人心怀。我有时会很羡慕乡居生活，春天该播种的时节就播种，夏天该浇灌的时候浇灌，到了秋天该收获的时候，你就有收获，土地并不会亏待你太多。它有时甚至很慷慨，比如你在屋角随意扔下的辣椒苗、丝瓜秧、番薯藤，从来没人关注过，春天里几场大雨的滋润后，竟然落地生根，这会儿不知不觉地结出了红的辣椒、长的丝瓜，至于番薯，一锄头挖下去竟发现，下面藏了一窝圆滚滚的小番薯，这些被弃的秧苗似乎憋足了劲要上演一出励志戏码。

有一种生活叫“扦插”，就像番薯苗一样——端午前后雨水充沛，长势良好的番薯藤被一段一段剪下来，插进湿润的土地，这些藤节就会在土地里生根，枝叶蔓延，顽强生长。这城市里有很多跟我一样经历的人，我们都是“扦插一族”，离开了最初生长的土地，重新寻找家园扎根生长。这样的生长开始会有点艰难。但是话说回来，哪里的生长不艰难呢？到目前为止，当我审视这一年多以来的历程时可以得出一个初步的评价：长势良好。

经过镜湖厅时，发现一架凌霄花开得很好看。橙红色的花朵长在绿藤上，头上裂开五瓣，有点像牵牛花。这花我一直不知道名字，有一天无意间得知其名，心里高兴极了。查资料，说凌霄花期很长，从夏开到秋，“八月结荚如豆荚，长三寸许”。

这花儿好种，也能扦插，若是在家里阳台植上一株，一定生机盎然。难得的是，它还有一个如此高远的名字，真可叫人咂味再三。

处暑记

是有点秋凉了。

当然，只在傍晚时候的湖边。

周一有点忙，紧着时间把手头事情忙完，已经是5点过了。这时候来到湖边，却正好凉快。把车停在孤山路上科斯达咖啡馆对面的马路边，一下车便伸了个长长的懒腰！

——真舒服啊，这时的西湖边。

我一路走着，看见风吹柳梢，摇得那个厉害。风很大，白堤上放风筝的人，整个身体绷直了后仰，两手扯着风筝线，那风筝在空中哗啦啦震天响。如果不知道是风筝，简直会以为是一架摩托车低吼而过。

平湖秋月附近的荷花，争奇斗妍的繁盛景象已经不见，唯有散落的几朵，在碧绿的荷丛中撑着这一季的尾声。接下来，用不了多久，荷叶悄然枯萎，这最后的花也要谢幕了。

北山路有一些老居民，总是在傍晚搬出一张老旧的藤椅来，往湖岸上坐了，手里悠然地摇着一把棕叶扇。

荷叶间吹来的风，是带着些凉意的呢。这老居民头发花白，身上穿一件松垮到底的白汗衫，微眯了眼，却背对西湖，背对着那成片的荷叶。

只从这一幕里，我看见他的西湖——是推开门窗就揽入怀中的西湖，是喝着老酒吃着晚饭可以佐餐的西湖，亦是可以眯眼背对、不用在意、寻常风景的西湖。

别的游客只是用脚步游览西湖，看见美就要惊呼，就想借助相机记录下来。他不是。他是住在西湖，而西湖的美，早已收藏在心。

处暑这一天，走在湖边，我就在想：一年前的这个时候，我在干什么。

现在的时间是2010年8月23日，一年前的2009年8月23日，我还住在租来的公寓里，一间小小的房间，墙壁上贴着杂志海报，桌上摆着花生米和烈酒，夜深之后我的手指敲击键盘，用文字构筑心灵花园。第二天睡到八点多钟，会被楼下菜场的市声吵醒，洗漱一番之后，我精神抖擞地走路上班。

再早一点，2008年8月23日，我在哪里？

唔，2008年，那是一个特殊的年头，大事件很多，我还在老家那个媒体上班。5月惊天动地的大地震之后我去四川采访，8月的奥运会，我每天一篇写着评论，8月20日左右跟同事一起去了一趟深圳，采访那些外出闯荡创业成功的家乡人。记得站在深圳的街头，我与一位姓夏的同事感慨万千。

“哎，外面的世界真好啊。”他说。

“是啊，生活真精彩。”我说。

“华强北的衣服真贵啊。”他说。

“真的买不起啊。”我说。

当时的对话是否真是如此，我已经不记得了，大致方向不会错。那个时候我们只知道羡慕别人的奋斗与成功，自己却从未想过也可以去打拼。那时，我们站在深圳街头的感叹，纯然只是感叹，谁能想到半年之后，我和夏同事就分头奔向距理想更近的坐标呢？

深圳回来之后，我理了一个短头发，很短的头发，是之前若干年里都没有尝试过的短。第二天戴了个墨镜去上班，在电梯里，两个同部门的同事瞟了我一眼，从一楼到八楼，竟没有人跟我搭话。我忍不住摘了墨镜，看了他们一眼，他们惊呼一声，这才认出我来。

当时我在自己的博客上记录心情：“只是想尝试一下新鲜的感觉。生活需要改变。……又找到新开学的感觉了，惴惴然，心情紧张。”

是的，那个8月，所有的改变都在悄悄发生。

再往前，2007年8月23日，我在哪里？

明星周迅要回中学母校，我去采访她的外婆，那段时间工作特别忙，阁楼书房里的藤摇椅，已经闲置很久，我好长时间没有躺在上面午睡过了……

幸好有博客，这些陈年旧事得以重新翻拣出来，彼时的生活碎片得以打捞起一鳞半爪。

而今年，此时，我在他乡，在西湖边。每个节气在西湖边行走，24个节气走下来，已把他乡当故乡。从去年的白露开始，到今日的处暑，我在西湖边走了整整一圈。时光在一个人的年轮里刻下的痕迹，就留在这一圈的文字和脚印里。

这一年多，我自己又有多少改变呢？

现在，我的家人已经跟随我一起来到这里。我的可爱的女儿，再过一个多星期就将进入新的幼儿园，开始她人生中一段崭新的旅程。前些天我带她去了钱江新城，这座城市在那里展示它未来想要成为的理想样子。女儿奔跑着，风吹动她的长发像一面旗帜。

女儿说，她还是会想念老家的好朋友，某同学和某同学，以及某家有着可爱名字的理发店，那家店里有着专供孩子理发时使用的动物造型座椅。

我告诉她，是的，不过不用担心，你会认识很多新的朋友。她点点头。她已经喜欢上了新幼儿园的滑滑梯以及我们小区的游乐场和秋千。

时间是这样一种东西，当你从来不去关注它，或者你从不关心它，它也就不存在了。

前几天在报纸上看到，在南美洲的亚马孙丛林里，生活着一个名为“阿莫达瓦”的部落。那个部落的人没有时间概念，从来不分“过去”与“将来”。

那里的人，从来不说“时间”“星期”“月”或者“年”等词。他们只区分白天和黑夜、雨季和旱季。

我们每个人相互碰到，会说：“周末要到了”“她正在过来的路上”“我没有时间”，感觉时间是像河水一样流动着，有些时间还在上游，还没有来到，有些时间已经逝去，正在奔向远方。但是对于阿莫达瓦这个部落的人来说，他们可不这样想。

朴次茅斯大学语言心理学教授克里斯·辛哈说：“对阿莫达瓦部落来说，时间存在的方式不一样……对这些幸运的人而言，时间不是金钱，他们不需要跟时间赛跑来做事，没有人讨论下周或明年……你可以说，他们享受某种自由。”

我试着用他们的思维来比对我的生活，譬如，假设我不区分已经流逝的2008年、2009年、2010年，也不记得过去的每一个节气，那么，我是不是也将获得自由？我将不再比较过去与现在，也不寄予过高的期望于未来，不，我根本不去想未来——我只过好每一天，过好现在这个时刻——就连上午和下午我都不区分。我从报社出发去采访一个人，聊得开心了，我们就一起喝酒直到天黑；我也不用管什么交稿期限，任何文字，只有我愿意写我才会去写，并且会在心情好的时候完成；当然，更不用知道每个月向银行还贷的日期，人家说花30年供的房真正属于自己的时间只有70年，谁会计较呢？只要现在还住在这里，就足够了。

嗯，这很有意思。这样的话，当我坐在西湖边，看着一朵荷花悄悄开放，我不会去想它曾经只是才露尖尖角的小花骨朵，也不会去想过多少日子，头顶上的梧桐叶才会全部变黄。所有的改变都是自然发生的，该来的时候一定会来，谁也不用着急，对吗？

这是一趟小小的旅行。这是一个人的西湖。一年的时光其实相当短暂，只是人生里的小片断。我不知道当初为什么会从白露开始这趟旅行。但是显然，并没有人规定必须从哪一天切入，或从某一天停下，是吗？我想一切周而复始，从任何一点切入，这都没有什么不同。它只是某个节点，就像别在草绳上的一个结扣，用以提醒日期，仅此而已。

这座西湖，有着周而复始的景色，变幻出种种的美丽。若是没有人观赏它，注目它，它也照样花开花落，美丽依旧。对于这些草，这些树，这些水，这些桥，时间不存在，也没有今年和去年，没有现在和未来。

一个又一个循环总在进行。不管你曾错过了什么，只要现在一脚踏进去，你就永远不会再错过。

只因你来过，在你的心中，西湖才刻上了时间的节点。

而现在，西湖在我的本子上写下了“处暑”这两个字。

它的美，我也早已收藏在心。

附记

【江南三书·廿四声】

西湖你好

那是两年前的事情了……我想说如果你是第一次来到一座陌生的城市，你可能和我一样心里有着刚开始时的恐慌。

我并不总是惧怕旅途——事实上，我很喜欢每一次短暂旅程的出发，那会把我带向无可预知的远方，更重要的是，不用多久你会回归原位，那就意味着一段非常美妙的谜一样的过程。但是那一次不一样——当我驾着自己的车子来到满眼陌生的杭州，面对高高耸立的大楼、横七竖八的马路和高架桥、不明所以的交通标线，以及脚步匆匆来往于斑马线上的人们脸上显露的漠然与疲惫神情，彼时彼刻，我的心中充满未知的恐惧。

一次人生的大转折就这样发生了。

我们对未来充满不能把握的情绪，因为我们不了解未来。人生的道路总是有无数条，你向左走或向右走，都有一条路把你带向远方，而且各有不同的风景（正是这种存在于想象中的风景会对某些人产生无可名状的吸引力）。站在岔路口的那一刻，你会无比纠结，而多年以后的事实总会证明，只要你在行走就对了——迈开脚步，崭新的道路会向你敞开所有的风景。

事实上我的旅程就这样开始了——杭州这座城市向我摊开了它的地图。在一个春寒料峭的夜晚，我乘坐公交车去了一趟西湖边，面对那一泓宽广的湖水时我觉得很高兴。浪漫的灯火在湖面上摇曳出碎影波光，人影在湖光山色里穿梭不停。此时我很想向西湖打个招呼，我说："西湖你好。"

提到"杭州"这两个汉字你会想起什么？像水一样丝滑的绸缎，色泽翠绿甘香如兰的龙井，还是让人在异乡想起就会在舌尖生发乡愁之感的莼菜，每到深秋时节就满街满巷飘荡的桂香？是许仙与白娘子的缠绵绯恻，钱塘名伎苏小小的油壁香车，还是破扇破帽人间活佛济公的似疯若癫……

恐怕所有这些，都比不上那一面湖水的诱惑吧。杭州之美，美在西湖。杭州这座城市也因为有上天赐与的一面湖水，而被称作"天堂"，西湖呢，又因为地处杭州而熠熠生辉。一座城与一面湖，千百年来相依相偎，遂为天下一景。

住在杭州，是幸福的。

身为杭州人，更是幸福。

有多少脚步朝着杭州的方向纷纷奔来。有的人流连五日十日，依依不舍地离去；有的人终不忍离去，于是在此寻一份工作，租一间小屋，落下脚来；有的人落脚几年十几年几十年，找到了相爱的人，构筑了温暖的小巢，也有了出生地一栏填着"杭州"二字的小宝贝，就此幸福地在这座城市生活下去。

爱一座城市总能找出一些理由。因为喜欢的人，喜欢的工作，喜欢的景致，或仅仅因为，有喜欢的小吃，喜欢的马路，或是拐角弄堂里那一盏温暖的路灯。

有一个深秋的清晨，我出差路过这城市，因为要赶车便起了个大早。出得门来，满眼清新——下了一夜的雨，湖滨的路面上，高大的悬铃木落了许多黄色的叶子，雨滴还纷纷地从树梢上落下，柏油路面是湿黑湿黑的，有着可以触摸的质感。我打了一个车，从南山路往北山路走，穿过西湖隧道，到达植物园外的那条路，忽然觉得像是到了一个世外桃源，那么纯净的世界。空气是湿的，清的，高大的树木层层叠叠，郁郁葱葱。那一刻我忽然觉得，生活在杭州，也许是一件美好的事——哪一座城市的中心，会有这么多的树呢，有这样奢侈的绿地呢？

为什么世界上会有那么多人，把来杭州旅游，把看一眼西湖，当作一个人生的心愿呢？尽管城市有着种种不如人意的东西，漫漫的堵车和高高在上的房价，是普遍存在而且常让人感觉不开心。但在这一刻，我理解了他们——是的，这就是杭州的细节：有西湖，有森林，有绿地，有梦想。

为什么不留下来呢？坐在出租车上，窗外的景物一幕幕向后移去，我这样想。

只要走到西湖边，所有的烦恼都烟消云散了。

西湖就是有这样的魔力。

每个人的心中都有一座西湖。自从来到杭州，我都想天天都去西湖边坐着，无所事事，晒晒太阳，看光阴的脚步一点一点移过去。但是我不能够。我得努力工作，好好挣钱，好让自己在这个城市安稳地生活下去。

你也许有过这样的感受：当你天天在都市高楼的格子间和拥堵的汽车长龙里来去匆匆，你是感知不到春天悄然来临的，只有偶尔经过街头公园里，一抬头发现一两棵桃树孤单单地传递着春暖花开的消息时，才发现，春天来了。这时候，你会感叹，自己疏离大自然有多久了！

对，我需要一个借口，可以经常去西湖边走走，坐坐，但是我又不能常去，所以我想到一个法子，每隔半个月去一次。就按照二十四节气的节奏进行好了。

这就有意思了。

好像我每次忙里偷闲，去西湖边散步、吹风，并不是偷懒，而是有着一个光明正大的理由——你看，我是去跟季节约会的！

无须否认的是，我之所以有这样的想法，也是受到苇岸的《大地上的事情》的启发。苇岸是这样一个人——他对植物无比热爱，于是就在乡下造了一间房子，终日生活在大地、庄稼、鸟与昆虫、草叶、花和果实间，胡蜂来去，季节转换，他日复一日沉浸其中。在1998年，苇岸开始了为二十四节气拍照的工作，在他居所附近的田野上，选一固定点，在每一个节气日观察，拍照，记录，最后形成一段文字，写他的《一九九八：二十四节气》系列散文。然而令人遗憾的是，当他写到《谷雨》便戛然而止，如同他的生命。

二十四节气，也是农耕时代留下的美好事物，如《诗经》一般典雅。对于我的祖辈来说，节气深深地嵌进他们的每一道年轮中，成为他们的生命历法。“雷打立春节，惊蛰雨不歇。”“谷雨栽上红薯秧，一棵能收一大筐。”“芒种雨涟涟，夏至旱燥田。”“寒露不算冷，霜降变了天。”对于节气，祖辈们早已熟稔于心，类似的农谚他们张嘴就来，并以个人的生命体验反复佐证着这些短句的灵验性。

而今，不管是对于土地，还是对于节气，我们早已疏离得太久。当我置身于一座繁华都市中却试图贴近节气，这样的举动不免有点南辕北辙、刻舟求剑，江南的节气物候特征并不明显，节气与工厂生产、股市起伏也并无多大关联，这也只是原因之一；此外，更大的原因是，我无意于去做一件庞大的事，像一个气象学家或生物学家那样科学而细致地记录那一切。我意欲所为，只是从个人化的视角，来观察一时一地的变化，草长花开，鸟语人间，我眼之所见毕竟只是西湖这个庞大命题里极其细微的一小块，如此局限的记录和写作，真的有意义么?

刚开始我也不免要这样地问自己。

花在开，花在落。云开了，日出了。一草一木，悄悄生长。这眼前的一幕一幕，皆是充满人生的诗意。

一直蹲在地上，专心致志地看一群蚂蚁。看它们怎样呼朋唤友，搬动一具小青虫。怎样在大雨来临前，倾巢出动，举家搬迁，把贮存的白白的大米，骄傲地抬走。

但是，对于一个“人”来说，看蚂蚁这样的事，又有什么“意义”呢？

我想你也一定会跟我一样，忍不住说，“意义”是扯蛋。

人一生中，什么是最重要的呢？

走在西湖边，你不由会拿一些大而无当的问题来问问自己。当然，好多问题并没有答案。

但是随节气行走西湖这件事渐渐地做下去之后，我越来越喜欢上了它。至此，我来到这座城市已有一年，伴随着每一次去西湖边行走，我也逐渐地融入了这座城市。最初的焦虑、紧张和不安如烟云般消散。我的心灵在湖边得到了舒展和安放。

村上春树有一本书，《当我谈跑步时，我谈些什么》。村上是一名跑步爱好者，二十五年日日坚持。

萨默赛特·毛姆也有一句话：“任何一把剃刀都自有其哲学。”

这大约是说，无论何等微不足道的举动，只要日日坚持，从中总会产生出某些类似观念的东西来。

是的，有些事你若喜欢，去做便是。

2010年的深秋，一个微雨的清晨，我在西湖边。云水空蒙，法桐的金黄落叶铺了一地。我沉醉于此，挪不动脚步。

许许多多的人，走过；许许多多的车子，开过。上班的上班，路过的路过，人各有事，没有人停下来。

我真为他们感到遗憾。我甚至想喊住人们使之停留。真的，如此美好，你怎忍潦草而过。

周华诚

2011年6月

孤独是一种修行

在经历了一场几乎致命的肺炎后，美国女作家安妮·迪拉德移居到弗吉尼亚州的听客溪。她在那里生活了一年。

那里有什么？每一平方英尺土壤包含800多只小虱、200多只弹尾虫、22条马陆、19只甲虫，以及上百万霉菌、单细胞动物和藻类。她在那里居住、观察、聆听、感受，以博物学家一般的严谨和执着，观察苍鹭觅食、蚯蚓犁土、黄蜂被螳螂啮噬、田鳖吸食青蛙，更以诗人般的诗性意趣与哲学家般的智性思考，发现事物的秘密。

在那个丰富、多维、立体、遥远的大自然里，安妮沉浸其中，如痴如醉。很难说是听客溪拯救了她的生活，还是她赋予了听客溪诗性与意趣。之后，她将这段奇特又美妙的经历写下来，成就那本获得1974年普利策文学奖的《听客溪的朝圣》。

在她之前，美国作家梭罗也走进了丛林，在瓦尔登湖畔居住下来。那是一个没有什么出奇风景的地方。

“这一方墨绿的清澈湖水，长约半英里，周长约一又四分之三英里，总面积约六十一英亩半。四周有松林和橡树林常年环绕……湖泊四周群山高耸，直冲到四十到八十英尺的高空……群山之上，森林遍布，一片葱郁。”

梭罗每天花费大部分时间到自然中散步。他记录水果成熟的日期、鸟类的出没、树木和灌木发芽的顺序等等，并制作成可供查询的表单。几百张表单几乎覆盖了康科德地区所有物种，呈现出了十年来每一个月的数据。

爱默生曾说：“如果他（梭罗）恍恍惚惚地从这片沼泽地中醒来，凭借植物他就能够推断出今夕何夕今日何日，且前后误差不会超过两天。”

瓦尔登湖如此深邃宁静，带给梭罗无限辽阔的思绪空间。他独自居住在靠近湖畔的一间小房子里，小房子是他自己搭起来的，然后他也完全依靠自己的双手过活，直到1847年9月6日搬离瓦尔登湖。

瓦尔登湖如今成为世人向往的地方，甚至更像是一种隐喻，一个暗号。

在中国还有一座山，叫终南山。王摩诘在《终南别业》中说：“中岁颇好道，晚家南山陲。兴来每独往，胜事空自知。行到水穷处，坐看云起时。偶然值林叟，谈笑无还期。”

二十多年前，美国人比尔·波特来到终南山，去寻访那些隐居在山中的人们。在中国的历史上，隐士是一个历史悠久的小众群体。“有的人什么都不想要，而只想过一种简单的生活：在云中，在松下，在尘廛外，靠着月光、芋头和大麻过活。除了山之外，他们所需不多：一些泥土，几把茅草，一块瓜田，数株茶树，一篱菊花，风雨晦暝之时的片刻小憩。”

山里的生活如此粗陋简单，尽管如此，许多人依然向往这种生活。他们带着简单的行李，走进遥远的山林，在山野草木松石流泉之间，获得心灵的丰富与安宁。

几百年过去，如今依然有很多人前往终南山，走进山间的丛林。然而时代不同了，他们中为数不少的人，依靠着发达的通讯工具与信息网络，与外部纷纷扰扰的世界结为一体，无法分割。今天的人，大多向往隐居生活，羡慕陶渊明式采菊东篱下、悠然见南山的日常，却并没有几个人能真正拥有陶渊明那样的心境了。

飞鸟相与还，山气日夕佳。深究起来，不过是“简单”二字带来心境的清寂平和。到山里去，挑水劈柴，晴耕雨读，不过是一种形式；有了隐居的心境，即便是身处闹市，不也一样可以达到“悠然见南山”的境界？

十年前，我来到杭州的西湖边定居和生活，用了两年时间，不断去湖边沿着固定的线路散步和遐想。我享受那样的时光：散步是一种简单的仪式感，与身后市井的喧嚣与纷扰作了一个切割。举步之间，一个人就此步入了一种山明水秀、云蒸霞蔚的世界。不管风霜雨雪，还是骄阳炙人，那两年间，我未曾缺席一次与湖边二十四节气的相遇。

湖水给予我的馈赠显然十分丰厚。在这样的行走之中，我变得宁静简单，物我两忘。我沉浸在与山水、飞鸟、落叶、昆虫的对话之中（哪怕是一个人的呓语也无妨），心中渐渐被发现的欣喜、微小的快乐、平静的满足所充盈。

去湖边行走，我并非要像梭罗、安妮那样去隐居，然而这样一种城市繁华间的行走，无异是一种内心的修行。许多年之后，我又从城市转身，回到故乡的山脚下，重新把双脚扎进泥土，在一片水稻田里春耕夏耘、秋收冬藏。

我想，一个人，不管身处何地，心里都要有一片瓦尔登湖、一方听客溪，或是一面西湖、一座终南山。它们是每个人心中的秘境。

梭罗曾说，孤独是一个人最好的伴侣，而社交往往是廉价的。现在，当时光流水般逝去，我回头去看时，依然会很庆幸自己曾在西湖边，拥有过那样一段孤独而宁静的时光。

周华诚

2019年7月23日，于浙江常山·稻之谷

立秋 处暑

白露 秋分

寒露 霜降

立冬 小雪

大雪 冬至

小寒 大寒

立春
雨水
惊蛰
春分
清明
谷雨
立夏
小满
芒种
夏至
小暑
大暑